Hermann Hesse, Erzähler, Lyriker und zeitkritischer Essayist, wurde am 2. Juli 1877 in Calw/Württemberg als Sohn eines baltischen Missionars und der Tochter eines schwäbischen Indologen geboren. 1946 ausgezeichnet mit dem Nobelpreis für Literatur, starb er am 9. August 1962 in Montagnola bei Lugano.

Hermann Hesse gehört zu den Autoren, die das Glück hatten, alt zu werden und somit alle Phasen des Lebens erfahren und auf charakteristische Weise abbilden zu können. Aus der Fülle solcher Darstellungen in seinen Werken und seinen nicht weniger ergiebigen Antworten auf Leserbriefe vereinigt dieses Lesebuch eine Auswahl von Texten, welche die »Stufen der Menschwerdung« von den frühesten bis zu den letzten Lebensjahren schildern und reflektieren. Die wünschenswerte Entwicklung von der Jugend zum Alter ist für Hesse ein evolutionärer Prozeß, der sich schubweise in zahlreichen Pubertäten und Krisen vollzieht, von den vegetativen und animalischen bis hin zu immer bewußteren und menschenwürdigeren Existenzformen. Nichts ist nach Hesses Ansicht der individuellen Menschwerdung abträglicher als Stillstand und eine allzu frühe Rollenfixierung auf Kosten der Selbstverwirklichung. Wandlungsbereitschaft führt bei Hesse in immer neuen Veränderungen zu einer psychischen Verjüngung, die ein willkommenes Gegengewicht schafft zu den Prozessen des Alterns und eine zuversichtliche Neugier auf den Tod als die letzte aller Metamorphosen.

insel taschenbuch 2357
Hermann Hesse
Jedem Anfang wohnt
ein Zauber inne

Hermann Hesse
Jedem Anfang wohnt ein Zauber inne

Lebensstufen

Ein Lesebuch
Zusammengestellt von
Volker Michels

Insel Verlag

insel taschenbuch 2357
Erste Auflage 1996
Insel Verlag Frankfurt am Main und Leipzig

Hinweise zu dieser Ausgabe am Schluß des Bandes
Vertrieb durch den Suhrkamp Taschenbuch Verlag
Umschlag nach Entwürfen von Willy Fleckhaus
Satz und Druck: Wagner GmbH, Nördlingen
Printed in Germany

1 2 3 4 5 6 – 01 00 99 98 97 96

»Jedem Anfang
wohnt ein Zauber inne.«

Jeder Mensch ist nicht nur er selber, er ist auch der einmalige, ganz besondere, in jedem Fall wichtige und merkwürdige Punkt, wo die Erscheinungen der Welt sich kreuzen, nur einmal so und nie wieder. Darum ist jedes Menschen Geschichte wichtig, ewig, göttlich, darum ist jeder Mensch, solange er irgend lebt und den Willen der Natur erfüllt, wunderbar und jeder Aufmerksamkeit würdig. In jedem ist der Geist Gestalt geworden, in jedem leidet die Kreatur, in jedem wird ein Erlöser gekreuzigt …

Das Leben jedes Menschen ist ein Weg zu sich selber hin, der Versuch eines Weges, die Andeutung eines Pfades. Kein Mensch ist jemals ganz und gar er selbst gewesen; jeder strebt dennoch, es zu werden, einer dumpf, einer lichter, jeder wie er kann. Jeder trägt Reste von seiner Geburt, Schleim und Eischalen einer Urwelt, bis zum Ende mit sich hin. Mancher wird niemals Mensch, bleibt Frosch, bleibt Eidechse, bleibt Ameise. Mancher ist oben Mensch und unten Fisch. Aber jeder ist ein Wurf der Natur nach dem Menschen hin. Uns allen sind die Herkünfte gemeinsam, die Mütter, wir alle kommen aus demselben Schlunde; aber jeder strebt, ein Versuch und Wurf aus den Tiefen, seinem eigenen Ziele zu.

Wir können einander verstehen; aber deuten kann jeder nur sich selbst.

Ein Stück Kindheit, das, wie mir scheint, den meisten Menschen allzu gründlich verlorengeht, ist der Drang nach Wahrheit, das Verlangen nach Übersicht der Dinge und ihre Ursachen, die Sehnsucht nach Harmonie und sicherem geistigen Besitz. Ich litt unter zahllosen Fragen ohne Antwort und fand allmählich heraus, daß den befragten Erwachsenen meine Fragen oft unwichtig und meine Nöte unverständlich waren. Eine Antwort, die ich als Ausflucht oder gar als Spott erkannte, schüchterte gar oft meine Seele wieder in ihr allmählich wankendes Gebäu von Mythen zurück.

Wieviel ernster, reiner und ehrfürchtiger würde das Leben vieler Menschen werden, wenn sie etwas von diesem Suchen und Nach-Namen-Fragen auch über die Jugend hinaus in sich bewahrten! Was ist der Regenbogen? Warum winselt der Wind? Woher kommt das Verwelken der Wiesen, woher das Wiederblühen, woher Regen und Schnee? Warum sind wir reich und der Nachbar Spengler arm? Wohin geht am Abend die Sonne?

Kleiner Knabe

Hat man mich gestraft,
Halt ich meinen Mund,
Weine mich in Schlaf,
Wache auf gesund.

Hat man mich gestraft,
Heisst man mich den Kleinen,
Will ich nicht mehr weinen,
Lache mich in Schlaf.

Grosse Leute sterben,
Onkel, Grosspapa,
Aber ich, ich bleibe
Immer, immer da.

o

Der Mensch erlebt das, was ihm zukommt, nur in der ersten Jugend in der ganzen Schärfe und Frische, so bis zum dreizehnten, vierzehnten Jahr, und von dem zehrt er sein Leben lang.

Es gibt nichts Wunderbareres und Unbegreiflicheres und nichts, was uns fremder wird und gründlicher verlorengeht als die Seele des spielenden Kindes.

Kinder sind weitherzig und vermögen durch den Zauber der Phantasie Dinge in ihrer Seele nebeneinander zu beherbergen, deren Widerstreit in älteren Köpfen zum heftigsten Krieg und Entweder-Oder wird.

Aus Kinderzeiten

Der ferne braune Wald hat seit wenigen Tagen einen heiteren Schimmer von jungem Grün; am Lettensteg fand ich heute die erste halberschlossene Primelblüte; am feuchten klaren Himmel träumen die sanften Aprilwolken, und die weiten, kaum gepflügten Äcker sind so glänzend braun und breiten sich der lauen Luft so verlangend entgegen, als hätten sie Sehnsucht, zu empfangen und zu treiben und ihre stummen Kräfte in tausend grünen Keimen und aufstrebenden Halmen zu erproben, zu fühlen und wegzuschenken. Alles wartet, alles bereitet sich vor, alles träumt und sproßt in einem feinen, zärtlich drängenden Werdefieber – der Keim der Sonne, die Wolke dem Acker, das junge Gras den Lüften entgegen. Von Jahr zu Jahr steh ich um diese Zeit mit Ungeduld und Sehnsucht auf der Lauer, als müßte ein besonderer Augenblick mir das Wunder der Neugeburt erschließen, als müsse es geschehen, daß ich einmal, eine Stunde lang, die Offenbarung der Kraft und der Schönheit ganz sähe und begriffe und miterlebte, wie das Leben lachend aus der Erde springt und junge große Augen zum Lichte aufschlägt. Jahr für Jahr auch tönt und duftet das Wunder an mir vorbei, geliebt und angebetet – und unverstanden; es ist da, und ich sah es nicht kommen, ich sah nicht die Hülle des Keimes brechen und den ersten zarten Quell im Lichte zittern. Blumen stehen plötzlich allerorten, Bäume glänzen mit lichtem Laube oder mit schaumig weißer Blust, und Vögel werfen sich jubelnd in schönen Bogen durch die warme Bläue. Das Wunder ist erfüllt, ob ich es auch nicht gesehen habe, Wälder wölben sich, und ferne Gipfel rufen, und es ist Zeit, Stiefel und Tasche, Angelstock und Ruderzeug zu rüsten und sich mit allen Sinnen des jungen Jahres zu freuen, das jedesmal schöner ist, als es jemals war, und das jedesmal eiliger zu schreiten scheint. – Wie lang, wie unerschöpflich lang ist ein Frühling vorzeiten gewesen, als ich noch ein Knabe war!

Und wenn die Stunde es gönnt und mein Herz guter Dinge ist, leg ich mich lang ins feuchte Gras oder klettere den nächsten tüchtigen Stamm hinan, wiege mich im Geäste, rieche den Knospenduft und das frische Harz, sehe Zweigenetz und Grün und Blau sich über mir verwirren und trete traumwandelnd als ein stiller Gast in den seligen Garten meiner Knabenzeit. Das gelingt so selten und ist so köstlich, einmal wieder sich dort hinüberzuschwingen und die klare Morgenluft der ersten Jugend zu atmen und noch einmal, für Augenblicke, die Welt so zu sehen, wie sie aus Gottes Händen kam und wie wir alle sie in Kinderzeiten gesehen haben, da in uns selber das Wunder der Kraft und der Schönheit sich entfaltete.

Da stiegen die Bäume so freudig und trotzig in die Lüfte, da sproß im Garten Narziß und Hyazinth so glanzvoll schön; und die Menschen, die wir noch so wenig kannten, begegneten uns zart und gütig, weil sie auf unserer glatten Stirn noch den Hauch des Göttlichen fühlten, von dem wir nichts wußten und das uns ungewollt und ungewußt im Drang des Wachsens abhanden kam. Was war ich für ein wilder und ungebändigter Bub, wieviel Sorgen hat der Vater von kleinauf um mich gehabt und wieviel Angst und Seufzer die Mutter! – und doch lag auch auf meiner Stirne Gottes Glanz, und was ich ansah, war schön und lebendig, und in meinen Gedanken und Träumen, auch wenn sie gar nicht frommer Art waren, gingen Engel und Wunder und Märchen geschwisterlich aus und ein.

Mir ist aus Kinderzeiten her mit dem Geruch des frischgepflügten Ackerlandes und mit dem keimenden Grün der Wälder eine Erinnerung verknüpft, die mich in jedem Frühling heimsucht und mich nötigt, jene halbvergessene und unbegriffene Zeit für Stunden wieder zu leben. Auch jetzt denke ich daran und will versuchen, wenn es möglich ist, davon zu erzählen.

In unserer Schlafkammer waren die Läden zu, und ich lag im Dunkel halbwach, hörte meinen kleinen Bruder neben mir in festen, gleichen Zügen atmen und wunderte mich wieder darüber, daß ich bei geschlossenen Augen statt des schwarzen Dunkels lauter Farben sah, violette und trübdunkelrote Kreise, die beständig weiter wurden und in die Finsternis zerflossen und beständig von innen her quellend sich erneuerten, jeder von einem dünnen gelben Streifen umrändert. Auch horchte ich auf den Wind, der von den Bergen her in lauen, lässigen Stößen kam und weich in den großen Pappeln wühlte und sich zuzeiten schwer gegen das ächzende Dach lehnte. Es tat mir wieder so leid, daß Kinder nachts nicht aufbleiben und hinausgehen oder wenigstens am Fenster sein dürfen, und ich dachte an eine Nacht, in der die Mutter vergessen hatte, die Läden zu schließen.

Da war ich mitten in der Nacht aufgewacht und leise aufgestanden und mit Zagen ans Fenster gegangen, und vor dem Fenster war es seltsam hell, gar nicht schwarz und todesfinster, wie ich mir vorgestellt hatte. Es sah alles dumpf und verwischt und traurig aus, große Wolken stöhnten über den ganzen

Himmel, und die bläulich-schwarzen Berge schienen mitzufluten, als hätten sie alle Angst und strebten davon, um einem nahenden Unglück zu entrinnen. Die Pappeln schliefen und sahen ganz matt aus wie etwas Totes oder Erloschenes, auf dem Hof aber stand wie sonst die Bank und der Brunnentrog und der junge Kastanienbaum, auch sie ein wenig müd und trüb. Ich wußte nicht, ob es kurz oder lang war, daß ich im Fenster saß und in die bleiche verwandelte Welt hinüberschaute; da fing in der Nähe ein Tier zu klagen an, ängstlich und weinerlich. Es konnte ein Hund oder auch ein Schaf oder Kalb sein, das erwacht war und im Dunkeln Angst verspürte. Sie faßte auch mich, und ich floh in meine Kammer und in mein Bett zurück, ungewiß, ob ich weinen sollte oder nicht. Aber ehe ich dazu kam, war ich eingeschlafen.

Das alles lag jetzt wieder rätselhaft und lauernd draußen, hinter den verschlossenen Läden, und es wäre so schön und gefährlich gewesen, wieder hinauszusehen. Ich stellte mir die trüben Bäume wieder vor, das müde, ungewisse Licht, den verstummten Hof, die samt den Wolken fortfliehenden Berge, die fahlen Streifen am Himmel und die bleiche, undeutlich in die graue Weite verschimmernde Landstraße. Da schlich nun, in einen großen, schwarzen Mantel verhüllt, ein Dieb, oder ein Mörder, oder es war jemand verirrt und lief dort hin und her, von der Nacht geängstigt und von Tieren verfolgt. Es war vielleicht ein Knabe, so alt wie ich, der verlorengegangen oder fortgelaufen oder geraubt worden oder ohne Eltern war, und wenn er auch Mut hatte, so konnte doch der nächste Nachtgeist ihn umbringen oder der Wolf ihn holen. Vielleicht nahmen ihn auch die Räuber mit in den Wald, und er wurde selber ein Räuber, bekam ein Schwert oder eine zweiläufige Pistole, einen großen Hut und hohe Reiterstiefel.

Von hier war es nur noch ein Schritt, ein willenloses Sichfallenlassen, und ich stand im Träumeland und konnte alles mit Augen sehen und mit Händen anfassen, was jetzt noch Erinnerung und Gedanke und Phantasie war.

Ich schlief aber nicht ein, denn in diesem Augenblick floß durch das Schlüsselloch der Kammertür, aus der Schlafstube der Eltern her, ein dünner, roter Lichtstrom zu mir herein, fühlte die Dunkelheit mit einer schwachen zitternden Ahnung von Licht und malte auf die plötzlich matt aufschimmernde Tür des Kleiderkastens einen gelben, zackigen Fleck. Ich wußte, daß jetzt der Vater ins Bett ging. Sachte hörte ich ihn in Strümpfen herumlaufen, und gleich darauf vernahm ich auch seine gedämpfte tiefe Stimme. Er sprach noch ein wenig mit der Mutter.

»Schlafen die Kinder?« hörte ich ihn fragen.

»Ja, schon lang«, sagte die Mutter, und ich schämte mich, daß ich nun doch wach war. Dann war es eine Weile still, aber das Licht brannte fort. Die Zeit wurde mir lang, und der Schlummer wollte mir schon bis in die Augen steigen, da fing die Mutter noch einmal an.

»Hast auch nach dem Brosi gefragt?«

»Ich hab ihn selber besucht«, sagte der Vater. »Am Abend bin ich dort gewesen. Der kann einem leid tun.«

»Geht's denn so schlecht?«

»Ganz schlecht. Du wirst sehen, wenn's Frühjahr kommt, wird es ihn wegnehmen. Er hat schon den Tod im Gesicht.«

»Was denkst du«, sagte die Mutter, »soll ich den Buben einmal hinschicken? Es könnt vielleicht guttun.«

»Wie du willst«, meinte der Vater, »aber nötig ist's nicht. Was versteht so ein klein Kind davon?«

»Also gut Nacht.«

»Ja, gut Nacht.«

Das Licht ging aus, die Luft hörte auf zu zittern, Boden und Kastentür waren wieder dunkel, und wenn ich die Augen zumachte, konnte ich wieder violette und dunkelrote Ringe mit einem gelben Rand wogen und wachsen sehen.

Aber während die Eltern einschliefen und alles stille war, arbeitete meine plötzlich erregte Seele mächtig in die Nacht hinein. Das halbverstandene Gespräch war in sie gefallen wie eine Frucht in den Teich, und nun liefen schnellwachsende Kreise eilig und ängstlich über sie hinweg und machten sie vor banger Neugierde zittern.

Der Brosi, von dem die Eltern gesprochen hatten, war fast aus meinem Gesichtskreis verloren gewesen, höchstens war er noch eine matte, beinahe schon verglühte Erinnerung. Nun rang er sich, dessen Namen ich kaum mehr gewußt hatte, langsam kämpfend empor und wurde wieder zu einem lebendigen Bilde. Zuerst wußte ich nur, daß ich diesen Namen früher einmal oft gehört und selber gerufen habe. Dann fiel ein Herbsttag mir ein, an dem ich von jemand Äpfel geschenkt bekommen hatte. Da erinnerte ich mich, daß das Brosis Vater gewesen sei, und da wußte ich plötzlich alles wieder.

Ich sah also einen hübschen Knaben, ein Jahr älter, aber nicht größer als ich, der hieß Brosi. Vielleicht vor einem Jahre war sein Vater unser Nachbar und der Bub mein Kamerad geworden; doch reichte mein Gedächtnis nicht mehr dahin zurück. Ich sah ihn wieder deutlich: er trug eine gestrickte blaue Wollenkappe mit zwei merkwürdigen Hörnern, und er hatte immer Äpfel oder Schnitzbrot im Sack, und er hatte gewöhnlich einen Einfall und ein Spiel und einen Vorschlag parat, wenn es anfangen wollte, langweilig zu werden. Er trug eine Weste, auch werktags, worum ich ihn sehr beneidete, und früher hatte ich ihm fast gar keine Kraft zugetraut, aber da hieb er einmal den Schmiedsbarzle vom Dorf, der ihn wegen seiner Hörnerkappe verhöhnte (und die Kappe war von seiner Mutter gestrickt), jämmerlich durch, und dann hatte ich eine Zeitlang Angst vor ihm. Er besaß einen zahmen Raben, der hatte aber im Herbst zuviel junge Kartoffeln ins Futter bekommen und war gestorben, und wir hatten ihn begraben. Der Sarg war eine Schachtel, aber sie war zu klein, und der Deckel ging nimmer drüber, und ich hielt eine Grabrede wie ein Pfarrer, und als der Brosi dabei anfing zu weinen, mußte mein kleiner Bruder lachen; da schlug ihn der Brosi, da schlug ich ihn wieder, der Kleine heulte, und wir liefen auseinander, und nachher kam Brosis Mutter zu uns herüber und sagte, es täte ihm leid, und wenn wir morgen nachmittag zu ihr kommen wollten, so gäbe es Kaffee und Hefenkranz, er sei schon im Ofen. Und bei dem Kaffee erzählte der Brosi uns eine Geschichte, die fing mittendrin immer wieder von vorne an, und obwohl ich die Geschichte nie behalten konnte, mußte ich doch lachen, sooft ich daran dachte.

Das war aber nur der Anfang. Es fielen mir zu gleicher Zeit tausend Erlebnisse ein, alle aus dem Sommer und Herbst, wo Brosi mein Kamerad gewesen war, und alle hatte ich in den paar Monaten, seit er nicht mehr kam, so gut wie vergessen. Nun drangen sie von allen Seiten her, wie Vögel, wenn man im Winter Körner wirft, alle zugleich, ein ganzes Gewölk.

Es fiel mir der glänzende Herbsttag wieder ein, an dem des Dachtelbauers Turmfalk aus der Remise durchgegangen war. Der beschnittene Flügel war ihm gewachsen, das messingene Fußkettlein hatte er durchgerieben und den engen finsteren Schuppen verlassen. Jetzt saß er dem Haus gegenüber ruhig auf einem Apfelbaum, und wohl ein Dutzend Leute stand auf der Straße davor, schaute hinauf und redete und machte Vorschläge. Da war uns Buben sonderbar beklommen zumute, dem Brosi und mir, wie wir mit allen anderen Leuten dastanden und den Vogel anschauten, der still im Baume saß und scharf und kühn herabäugte. »Der kommt nicht wieder!« rief einer. Aber der Knecht Gottlob sagte: »Fliegen wann er noch könnt, dann wär er schon lang über Berg und Tal.« Der Falk probierte, ohne den Ast mit den Krallen loszulassen, mehrmals seine großen Flügel; wir waren schrecklich aufgeregt, und ich wußte selber nicht, was mich mehr freuen würde, wenn man ihn finge oder wenn er davonkäme. Schließlich wurde vom Gottlob eine Leiter angelegt, der Dachtelbauer stieg selber hinauf und streckte die Hand nach seinem Falken aus. Da ließ der Vogel den Ast fahren und fing an, stark mit den Flügeln zu flattern. Da schlug uns Knaben das Herz so laut, daß wir kaum atmen konnten; wir starrten bezaubert auf den schönen, flügelschlagenden Vogel, und dann kam der herrliche Augenblick, daß der Falke ein paar große Stöße tat, und wie er sah, daß er noch fliegen konnte, stieg er langsam und stolz in großen Kreisen höher und höher in die Luft, bis er so klein wie eine Feldlerche war und still im flimmernden Himmel verschwand. Wir aber, als die Leute schon lang verlaufen waren, standen noch immer da, hatten die Köpfe nach oben gestreckt und suchten den ganzen Himmel ab, und da tat der Brosi plötzlich einen hohen Freudensatz in die Luft und schrie dem Vogel nach: »Flieg du, flieg du, jetzt bist du wieder frei.«

Auch an den Karrenschuppen des Nachbars mußte ich denken. In dem hockten wir, wenn es so recht herunterregnete, im Halbdunkel beisammengekauert, hörten dem Klingen und Tosen des Platzregens zu und betrachteten den Hofboden, wo Bäche, Ströme und Seen entstanden und sich ergossen und durchkreuzten und veränderten. Und einmal, als wir so hockten und lauschten, fing der Brosi an und sagte: »Du, jetzt kommt die Sündflut, was machen wir jetzt? Also alle Dörfer sind schon ertrunken, das Wasser geht jetzt schon bis an den Wald.« Da dachten wir uns alles aus, spähten im Hof umher, horchten auf den schüttenden Regen und vernahmen darin das Brausen ferner Wogen und Meeresströmungen. Ich sagte, wir müßten ein Floß aus vier oder fünf Balken machen, das würde uns zwei schon tragen. Da schrie mich der Brosi aber an: »So, und dein Vater und die Mutter, und mein Vater und meine Mutter, und die Katz und dein Kleiner? Die nimmst nicht mit?« Daran hatte ich in der Aufregung und Gefahr freilich nicht gedacht, und ich log zur Entschuldigung: »Ja, ich hab mir gedacht, die seien alle schon untergegangen.« Er aber wurde nachdenklich und traurig, weil er sich das deutlich vorstellte, und dann sagte er: »Wir spielen jetzt was anderes.«

Und damals, als sein armer Rabe noch am Leben war und überall herumhüpfte, hatten wir ihn einmal in unser Gartenhaus mitgenommen, wo er auf den Querbalken gesetzt wurde und hin und her lief, weil er nicht herunterkonnte. Ich streckte ihm den Zeigefinger hin und sagte im Spaß: »Da, Jakob, beiß!« Da hackte er mich in den Finger. Es tat nicht besonders weh, aber ich war zornig geworden und schlug nach ihm und wollte ihn strafen. Der Brosi packte mich aber um den Leib und hielt mich fest, bis der Vogel, der in der Angst vom Balken heruntergeflügelt war, sich hinausgerettet hatte. »Laß mich los«, schrie ich, »er hat mich gebissen!« und rang mit ihm.

»Du hast selber zu ihm gesagt: Jakob beiß!« rief der Brosi und erklärte mir deutlich, der Vogel sei ganz in seinem Recht gewesen. Ich war ärgerlich über seine Schulmeisterei, sagte »meinetwegen« und beschloß aber im stillen, mich ein anderes Mal an dem Raben zu rächen.

Nachher, als Brosi schon aus dem Garten und halbwegs daheim war, rief er mir noch einmal und kehrte um, und ich wartete auf ihn. Er kam her und sagte: »Du, gelt, du versprichst mir ganz gewiß, daß du dem Jakob nichts mehr tust?« Und als ich keine Antwort gab und trotzig war, versprach er mir zwei große Äpfel, und ich nahm an, und dann ging er heim.

Gleich darauf wurden auf dem Baum in seines

Vaters Garten die ersten Jakobiäpfel reif; da gab er mir die versprochenen zwei Äpfel, von den schönsten und größten. Ich schämte mich jetzt und wollte sie nicht gleich annehmen, bis er sagte: »Nimm doch, es ist ja nicht mehr wegen dem Jakob; ich hätt' sie dir auch so gegeben, und dein Kleiner kriegt auch einen.« Dann nahm ich sie.

Aber einmal waren wir den ganzen Nachmittag auf dem Wiesenland herumgesprungen und dann in den Wald hineingegangen, wo unter dem Gebüsche weiches Moos wuchs. Wir waren müd und setzten uns auf den Boden. Ein paar Fliegen sumsten über einem Pilz, und allerlei Vögel flogen; von denen kannten wir einige, die meisten aber nicht; auch hörten wir einen Specht fleißig klopfen, und es wurde uns ganz wohl und froh zumute, so daß wir fast gar nichts zueinander sagten, und nur wenn einer etwas Besonderes entdeckt hatte, deutete er dorthin und zeigte es dem andern. In dem überwölbten grünen Raume floß ein grünes mildes Licht, während der Waldgrund in die Weite sich in ahnungsvolle braune Dämmerung verlor. Was sich dort hinten regte, Blättergeräusch und Vogelschlag, das kam aus verzauberten Märchengründen her, klang mit geheimnisvoll fremdem Ton und konnte viel bedeuten.

Weil es dem Brosi zu warm vom Laufen war, zog

er seine Jacke aus und dann auch noch die Weste und legte sich ganz ins Moos hin. Da kam es, daß er sich umdrehte, und sein Hemd ging am Halse auf, und ich erschrak mächtig, denn ich sah über seine weiße Schulter eine lange rote Narbe hinlaufen. Gleich wollte ich ihn ausfragen, wo denn die Narbe herkäme, und freute mich schon auf eine rechte Unglücksgeschichte; aber wer weiß, wie es kam, ich mochte auf einmal doch nicht fragen und tat so, als hätte ich gar nichts gesehen. Jedoch zugleich tat mir Brosi mit seiner großen Narbe furchtbar leid, sie hatte sicher schrecklich geblutet und weh getan, und ich faßte in diesem Augenblick eine viel stärkere Zärtlichkeit zu ihm als früher, konnte aber nichts sagen. Also gingen wir später miteinander aus dem Wald und kamen heim, dann holte ich in der Stube meine beste Kugelbüchse aus einem dicken Holderstamm, die hatte mir der Knecht einmal gemacht, und ging wieder hinunter und schenkte sie dem Brosi. Er meinte zuerst, es sei ein Spaß, dann aber wollte er sie nicht nehmen und legte sogar die Hände auf den Rücken, und ich mußte ihm die Büchse in die Tasche stecken.

Und eine Geschichte um die andere, alle kamen sie mir wieder. Auch die vom Tannenwald, der stand auf der anderen Seite vom Bach, und einmal war ich mit meinem Kameraden hinübergegangen, weil wir gern die Rehe gesehen hätten. Wir traten in den weiten Raum, auf den glatten braunen Boden zwischen den himmelhohen geraden Stämmen, aber so weit wir liefen, wir fanden kein einziges Reh. Dafür sahen wir eine Menge große Felsenstücke zwischen den bloßen Tannenwurzeln liegen, und fast alle diese Steine hatten Stellen, wo ein schmales Büschelchen helles Moos auf ihnen wuchs, wie kleine grüne Male. Ich wollte so ein Moosplätzchen abschälen, es war nicht viel größer als eine Hand. Aber der Brosi sagte schnell: »Nein, laß es dran!« Ich fragte warum, und er erklärte mir: »Das ist, wenn ein Engel durch den Wald geht, dann sind das seine Tritte; überall wo er hintritt, wächst gleich so ein Moosplatz in den Stein.« Nun vergaßen wir die Rehe und warteten, ob vielleicht gerade ein Engel käme. Wir blieben stehen und paßten auf; im ganzen Wald war eine Todesstille, und auf dem braunen Boden fackelten helle Sonnenflecken, in der Ferne gingen die senkrechten Stämme wie eine hohe rote Säulenwand zusammen, in der Höhe stand hinter den dichten schwarzen Kronen der blaue Himmel. Ein ganz schwaches kühles Wehen lief unhörbar hin und wieder vorüber. Da wurden wir beide bang und feierlich, weil es so ruhig und einsam war und weil vielleicht bald ein

Engel kam, und wir gingen nach einer Weile ganz still und schnell miteinander weg, an den vielen Steinen und Stämmen vorbei und aus dem Wald hinaus. Als wir wieder auf der Wiese und über dem Bach waren, sahen wir noch eine Zeitlang hinüber, dann liefen wir schnell nach Haus.

Später hatte ich noch einmal mit dem Brosi Streit, dann versöhnten wir uns wieder. Es ging schon gegen den Winter hin, da hieß es, der Brosi sei krank und ob ich nicht zu ihm gehen wollte. Ich ging auch ein- oder zweimal, da lag er im Bett und sagte fast gar nichts, und es war mir bang und langweilig, obgleich seine Mutter mir eine halbe Orange schenkte. Und dann kam nichts mehr; ich spielte mit meinem Bruder und mit dem Löhnersnikel oder mit den Mädchen, und so ging eine lange, lange Zeit vorbei. Es fiel Schnee und schmolz wieder und fiel noch einmal; der Bach fror zu, ging wieder auf und war braun und weiß und machte eine Überschwemmung und brachte vom Obertal eine ertrunkene Sau und eine Menge Holz mit; es wurden kleine Hühner geboren, und drei davon starben; mein Brüderlein wurde krank und wurde wieder gesund; es war in den Scheuern gedroschen und in den Stuben gesponnen worden, und jetzt wurden die Felder wieder gepflügt, alles ohne den Brosi. So war er ferner und ferner geworden und am Ende verschwunden und von mir vergessen worden – bis jetzt, bis auf diese Nacht, wo das rote Licht durchs Schlüsselloch floß und ich den Vater zur Mutter sagen hörte: »Wenn's Frühjahr kommt, wird's ihn wegnehmen.«

Unter vielen sich verwirrenden Erinnerungen und Gefühlen schlief ich ein, und vielleicht wäre schon am nächsten Tag im Drang des Erlebens das kaum erwachte Gedächtnis an den entschwundenen Spielgefährten wieder untergesunken und wäre dann vielleicht nie mehr in der gleichen frischen Schönheit und Stärke zurückgekommen. Aber gleich beim Frühstück fragte mich die Mutter: »Denkst du auch noch einmal an den Brosi, der immer mit euch gespielt hat?«

Da rief ich »ja«, und sie fuhr fort mit ihrer guten Stimme: »Im Frühjahr, weißt du, wäret ihr beide miteinander in die Schule gekommen. Aber jetzt ist er so krank, daß es vielleicht nichts damit sein wird. Willst du einmal zu ihm gehen?«

Sie sagte das so ernsthaft, und ich dachte an das, was ich in der Nacht den Vater hatte sagen hören, und ich fühlte ein Grauen, aber zugleich eine angstvolle Neugierde. Der Brosi sollte, nach des Vaters Worten, den Tod im Gesicht haben, und das schien mir unsäglich grauenhaft und wunderbar.

Ich sagte wieder »ja«, und die Mutter schärfte mir ein: »Denk dran, daß er so krank ist! Du kannst jetzt nicht mit ihm spielen und darfst kein Lärmen vollführen.«

Ich versprach alles und bemühte mich schon jetzt, ganz still und bescheiden zu sein, und noch am gleichen Morgen ging ich hinüber. Vor dem Hause, das ruhig und ein wenig feierlich hinter seinen beiden kahlen Kastanienbäumen im kühlen Vormittagslichte lag, blieb ich stehen und wartete eine Weile, horchte in den Flur hinein und bekam fast Lust, wieder heimzulaufen. Da faßte ich mir ein Herz, stieg schnell die drei roten Steinstufen hinauf und durch die offenstehende Türhälfte, sah mich im Gehen um und klopfte an die nächste Tür. Des Brosi Mutter war eine kleine, flinke und sanfte Frau, die kam heraus und hob mich auf und gab mir einen Kuß, und dann fragte sie: »Hast du zum Brosi kommen wollen?«

Es ging nicht lang, so stand sie im oberen Stockwerk vor einer weißen Kammertür und hielt mich an der Hand. Auf diese ihre Hand, die mich zu den dunkel vermuteten grauenhaften Wunderdingen führen sollte, sah ich nicht anders als auf die eines Engels oder eines Zauberers. Das Herz schlug mir geänstigt und ungestüm wie ein Warner, und ich zögerte nach Kräften und strebte zurück, so daß die Frau mich fast in die Stube ziehen mußte. Es war eine große, helle und behaglich nette Kammer; ich stand verlegen und grausend an der Tür und schaute auf das lichte Bett hin, bis die Frau mich hinzuführte. Da drehte der Brosi sich zu uns herum.

Und ich blickte aufmerksam in sein Gesicht, das war schmal und spitzig, aber den Tod konnte ich nicht darin sehen, sondern nur ein feines Licht, und in den Augen etwas Ungewohntes, gütig Ernstes und Geduldiges, bei dessen Anblick mir ähnlich ums Herz ward wie bei jenem Stehen und Lauschen im schweigenden Tannenwald, da ich in banger Neugierde den Atem anhielt und Engelsschritte in meiner Nähe vorbeigehen spürte.

Der Brosi nickte und streckte mir eine Hand hin, die heiß und trocken und abgezehrt war. Seine Mutter streichelte ihn, nickte mir zu und ging wieder aus der Stube; so stand ich allein an seinem kleinen hohen Bett und sah ihn an, und eine Zeitlang sagten wir beide kein Wort.

»So, bist du's denn noch?« sagte dann der Brosi.

Und ich: »Ja, und du auch noch?«

Und er: »Hat dich deine Mutter geschickt?«

Ich nickte.

Er war müde und ließ jetzt den Kopf wieder auf

das Kissen fallen. Ich wußte gar nichts zu sagen, nagte an meiner Mützentroddel und sah ihn nur immer an und er mich, bis er lächelte und zum Scherz die Augen schloß.

Da schob er sich ein wenig auf die Seite, und wie er es tat, sah ich plötzlich unter den Hemdknöpfen durch den Ritz etwas Rotes schimmern, das war die große Narbe auf seiner Schulter, und als ich die gesehen hatte, mußte ich auf einmal heulen.

»Ja, was hast du denn?« fragte er gleich.

Ich konnte keine Antwort geben, weinte weiter und wischte mir die Backen mit der rauhen Mütze ab, bis es weh tat.

»Sag's doch. Warum weinst du?«

»Bloß weil du so krank bist«, sagte ich jetzt. Aber das war nicht die eigentliche Ursache. Es war nur eine Woge von heftiger und mitleidiger Zärtlichkeit, wie ich sie schon früher einmal gespürt hatte, die quoll plötzlich in mir auf und konnte sich nicht anders Luft machen.

»Das ist nicht so schlimm«, sagte der Brosi.

»Wirst du bald wieder gesund?«

»Ja, vielleicht.«

»Wann denn?«

»Ich weiß nicht. Es dauert lang.«

Nach einer Zeit merkte ich auf einmal, daß er eingeschlafen war. Ich wartete noch eine Weile, dann ging ich hinaus, die Stiege hinunter und wieder heim, wo ich sehr froh war, daß die Mutter mich nicht ausfragte. Sie hatte wohl gesehen, daß ich verändert war und etwas erlebt hatte, und sie strich mir nur übers Haar und nickte, ohne etwas zu sagen.

Trotzdem kann es wohl sein, daß ich an jenem Tage noch sehr ausgelassen, wild und ungattig war, sei es, daß ich mit meinem kleinen Bruder händelte oder daß ich die Magd am Herd ärgerte oder im nassen Feld strolchte und besonders schmutzig heimkam. Etwas Derartiges ist jedenfalls gewesen, denn ich weiß noch gut, daß am selben Abend meine Mutter mich sehr zärtlich und ernst ansah – mag sein, daß sie mich gern ohne Worte an heute morgen erinnert hätte. Ich verstand sie auch wohl und fühlte Reue, und als sie das merkte, tat sie etwas Besonderes. Sie gab mir von ihrem Ständer am Fenster einen kleinen Tonscherben voll Erde, darin steckte eine schwärzliche Knolle, und diese hatte schon ein paar spitzige, hellgrüne, saftige junge Blättlein getrieben. Es war eine Hyazinthe. Die gab sie mir und sagte dazu: »Paß auf, das geb ich dir jetzt. Später wird's dann eine große rote Blume. Dort stell ich sie hin, und du mußt darauf achtgeben, man darf sie nicht anrühren und herumtragen, und jeden Tag muß man sie zweimal gießen; wenn du es vergißt, sag ich dir's schon. Wenn es aber eine schöne Blume werden will, darfst du sie nehmen und dem Brosi hinbringen, daß er eine Freude hat. Kannst du dran denken?«

Sie tat mich ins Bett, und ich dachte indessen mit Stolz an die Blume, deren Wartung mir als ein ehrenvoll wichtiges Amt erschien, aber gleich am nächsten Morgen vergaß ich das Begießen, und die Mutter erinnerte mich daran. »Und was ist denn mit dem Brosi seinem Blumenstock?« fragte sie, und sie hat es in jenen Tagen mehr als das eine Mal sagen müssen. Dennoch beschäftigte und beglückte mich damals nichts so stark wie mein Blumenstock. Es standen noch genug andere, auch größere und schönere, im Zimmer und im Garten, und Vater und Mutter hatten sie mir oft gezeigt. Aber es war nun doch das erste Mal, daß ich mit dem Herzen dabei war, ein solches kleines Wachstum mit anzuschauen, zu erwünschen und zu pflegen und Sorge darum zu haben.

Ein paar Tage lang sah es mit dem Blümlein nicht erfreulich aus, es schien an irgendeinem Schaden zu leiden und nicht die rechten Kräfte zum Wachsen zu finden. Als ich darüber zuerst betrübt und dann ungeduldig wurde, sagte die Mutter einmal: »Siehst du, mit dem Blumenstock ist's jetzt gerade so wie mit dem Brosi, der so krank ist. Da muß man noch einmal so lieb und sorgsam sein wie sonst.«

Dieser Vergleich war mir verständlich und brachte mich bald auf einen ganz neuen Gedanken, der mich nun völlig beherrschte. Ich fühlte jetzt einen geheimen Zusammenhang zwischen der kleinen, mühsam strebenden Pflanze und dem kranken Brosi, ja ich kam schließlich zu dem festen Glauben, wenn die Hyazinthe gedeihe, müsse auch mein Kamerad wieder gesund werden. Käme sie aber nicht davon, so würde er sterben, und ich trüge dann vielleicht, wenn ich die Pflanze vernachlässigt hätte, mit Schuld daran. Als dieser Gedankenkreis in mir fertig geworden war, hütete ich den Blumentopf mit Angst und Eifersucht wie einen Schatz, in welchem besondere, nur mir bekannte und anvertraute Zauberkräfte verschlossen wären.

Drei oder vier Tage nach meinem ersten Besuch – die Pflanze sah noch ziemlich kümmerlich aus – ging ich wieder ins Nachbarhaus hinüber. Brosi mußte ganz still liegen, und da ich nichts zu sagen hatte, stand ich nahe am Bett und sah das nach oben gerichtete Gesicht des Kranken an, das zart und warm aus weißen Bett-Tüchern schaute. Er machte hin und wieder die Augen auf und wieder zu, sonst bewegte er sich nicht, und ein klügerer und älterer Zuschauer hätte vielleicht etwas davon gefühlt, daß des kleinen Brosi Seele schon unruhig war und sich auf die Heimkehr besinnen wollte. Als gerade eine Angst vor der Stille des Stübleins über mich kommen wollte, trat die Nachbarin herein und holte mich freundlich und leisen Schrittes weg.

Das nächste Mal kam ich mit viel froherem Herzen, denn zu Hause trieb mein Blumenstock mit neuer Lust und Kraft seine spitzigen freudigen Blätter heraus. Diesmal war auch der Kranke sehr munter. – »Weißt du auch noch, wie der Jakob noch am Leben war?« fragte er mich.

Und wir erinnerten uns an den Raben und sprachen von ihm, ahmten die drei Wörtlein nach, die er hatte sagen können, und redeten mit Begierde und Sehnsucht von einem grau und roten Papagei, der sich vorzeiten einmal hierher verirrt haben sollte. Ich kam ins Plaudern, und während der Brosi bald wieder ermüdete, hatte ich sein Kranksein für den Augenblick ganz vergessen. Ich erzählte die Geschichte vom entflogenen Papagei, die zu den Legenden unseres Hauses gehörte. Ihr Glanzpunkt war der, daß ein alter Hofknecht den schönen Vogel auf dem Dach des Schuppens sitzen sah, sogleich eine Leiter anlegte und ihn einfangen wollte. Als er auf dem Dach erschien und sich dem Papagei vorsichtig näherte, sagte dieser: »Guten Tag!« Da zog der Knecht seine Kappe herunter und sagte: »Bitt um Vergebung, jetzt hätt ich fast gemeint, Ihr wäret ein Vogeltier.«

Als ich das erzählt hatte, dachte ich, der Brosi müsse nun notwendig laut hinauslachen. Da er es nicht gleich tat, sah ich ihn ganz verwundert an. Ich sah ihn fein und herzlich lächeln, und seine Backen waren ein wenig röter als vorher, aber er sagte nichts und lachte nicht laut.

Da kam es mir plötzlich vor, als sei er um viele Jahre älter als ich. Meine Lustigkeit war im Augenblick erloschen, statt ihrer befiel mich Verwirrung und Bangigkeit, denn ich empfand wohl, daß zwischen uns beiden jetzt etwas Neues fremd und störend aufgewachsen sei.

Es surrte eine große Winterfliege durchs Zimmer, und ich fragte, ob ich sie fangen solle.

»Nein, laß sie doch!« sagte der Brosi.

Auch das kam mir vor wie von einem Erwachsenen gesprochen. Befangen ging ich fort.

Auf dem Heimweg empfand ich zum erstenmal in meinem Leben etwas von der ahnungsvollen verschleierten Schönheit des Vorfrühlings, das ich erst um Jahre später, ganz am Ende der Knabenzeiten, wieder gespürt habe.

Was es war und wie es kam, weiß ich nicht. Ich erinnere mich aber, daß ein lauer Wind strich, daß feuchte dunkle Erdschollen am Rande der Äcker aufragten und streifenweise blank erglänzten und daß ein besonderer Föhngeruch in der Luft war. Ich erinnere mich auch dessen, daß ich eine Melodie summen wollte und gleich wieder aufhörte, weil irgend etwas mich bedrückte und still machte.

Dieser kurze Heimweg vom Nachbarhaus ist mir eine merkwürdig tiefe Erinnerung. Ich weiß kaum etwas einzelnes mehr davon; aber zuweilen, wenn es mir gegönnt ist, mit geschlossenen Augen mich dahin zurückzufinden, meine ich, die Erde noch einmal mit Kindesaugen zu sehen – als Geschenk und Schöpfung Gottes, im leise glühenden Träumen unberührter Schönheit, wie wir Alten sie sonst nur aus den Werken der Künstler und Dichter kennen. Der Weg war vielleicht nicht ganz zweihundert Schritt lang, aber es lebte und geschah auf ihm und über ihm und an seinem Rande unendlich viel mehr als auf mancher Reise, die ich später unternommen habe.

Es streckten kahle Obstbäume verschlungene und drohende Äste und von den feinen Zweigspitzen rotbraune und harzige Knospen in die Luft, über sie hinweg ging Wind und schwärmende Wolkenflucht, unter ihnen quoll die nackte Erde in der Frühlingsgärung. Es rann ein vollgeregneter Graben über und sandte einen schmalen trüben Bach über die Straße, auf dem schwammen alte Birnenblätter und braune Holzstückchen, und jedes von ihnen war ein Schiff, jagte dahin und strandete, erlebte Lust und Pein und wechselnde Schicksale, und ich erlebte sie mit.

Es hing unversehens vor meinen Augen ein dunkler Vogel in der Luft, überschlug sich und flatterte taumelnd, stieß plötzlich einen langen schallenden Triller aus und stob verglitzernd in die Höhen, und mein Herz flog staunend mit.

Ein leerer Lastwagen mit einem ledigen Beipferd kam gefahren, knarrte und rollte fort und fesselte noch bis zur nächsten Krümme meinen Blick, mit seinen starken Rossen aus einer unbekannten Welt gekommen und in sie verschwindend, flüchtige schöne Ahnungen aufregend und mit sich nehmend.

Das ist eine kleine Erinnerung oder zwei und drei; aber wer will die Erlebnisse, Erregungen und Freuden zählen, die ein Kind zwischen einem Stundenschlag und dem andern an Steinen, Pflanzen, Vögeln, Lüften, Farben und Schatten findet und sogleich wieder vergißt und doch mit hinübernimmt in die Schicksale und Veränderungen der Jahre? Eine besondere Färbung der Luft am Horizont, ein winziges Geräusch in Haus oder Garten oder Wald, der Anblick eines Schmetterlings oder irgendein flüchtig herwehender Geruch rührt oft für Augenblicke ganze Wolken von Erinnerungen an jene frühen Zeiten in mir auf. Sie sind nicht klar und einzeln erkennbar, aber sie tragen alle denselben köstlichen Duft von damals, da zwischen mir und jedem Stein und Vogel und Bach ein inniges Leben und Verbundensein vorhanden war, dessen Reste ich eifersüchtig zu bewahren bemüht bin.

Mein Blumenstock richtete sich indessen auf, reckte die Blätter höher und erstarkte zusehends. Mit ihm wuchs meine Freude und mein Glaube an die Genesung meines Kameraden. Es kam auch der Tag, an welchem zwischen den feisten Blättern eine runde rötliche Blütenknospe sich zu dehnen und aufzurichten begann, und der Tag, an dem die Knospe sich spaltete und ein heimliches Gekräusel schönroter Blütenblätter mit weißlichen Rändern sehen ließ. Den Tag aber, an dem ich den Topf mit Stolz und freudiger Behutsamkeit ins Nachbarhaus hinübertrug und dem Brosi übergab, habe ich völlig vergessen.

Dann war einmal ein heller Sonnentag; aus dem dunklen Ackerboden stachen schon feine grüne Spitzen, die Wolken hatten Goldränder, und in den feuchten Straßen, Hofräumen und Vorplätzen spiegelte ein sanfter reiner Himmel. Das Bettlein des Brosi war näher zum Fenster gestellt worden, auf dessen Simsen die rote Hyazinthe in der Sonne prunkte; den Kranken hatte man ein wenig aufgerichtet und mit Kissen gestützt. Er sprach etwas mehr als sonst mit mir, über seinen geschorenen blonden Kopf lief das warme Licht fröhlich und glänzend und schien rot durch seine Ohren. Ich war sehr guter Dinge und sah wohl, daß es nun schnell vollends gut mit ihm werden würde. Seine Mutter saß dabei, und als es ihr genug schien, schenkte sie mir eine gelbe Winterbirne und schickte mich heim. Noch auf der Stiege biß ich die Birne an, sie war weich und honigsüß, und der Saft tropfte mir aufs Kinn und über die Hand. Den abgenagten Butzen warf ich unterwegs in hohem Bogen feldüber.

Tags darauf regnete es, was heruntermochte, ich mußte daheim bleiben und durfte mit sauber gewaschenen Händen in der Bilderbibel schwelgen, wo ich schon viele Lieblinge hatte, am liebsten aber waren mir doch der Paradieslöwe, die Kamele der Elieser und das Mosesknäblein im Schilf. Als es aber am zweiten Tage in einem Strich fortregnete, wurde ich verdrießlich. Den halben Vormittag starrte ich durchs Fenster auf den plätschernden Hof und Kastanienbaum, dann kamen der Reihe nach alle meine Spiele dran, und als sie fertig waren und es gegen Abend ging, bekam ich noch Streit mit meinem Bruder. Das alte Lied: wir reizten einander, bis der Kleine mir ein arges Schimpfwort sagte, da schlug ich ihn, und er floh heulend durch Stube, Öhrn, Küche, Stiege und Kammer bis zur Mutter, der er sich in den Schloß warf und die mich seufzend wegschickte. Bis der Vater heimkam, sich alles erzählen ließ, mich abstrafte und mit den nötigen Ermahnungen ins Bett steckte, wo ich mir namenlos unglücklich vorkam, aber bald unter noch rinnenden Tränen einschlief.

Als ich wieder, vermutlich am folgenden Morgen, in des Brosi Krankenstube stand, hatte seine Mutter beständig den Finger am Mund und sah mich warnend an, der Brosi aber lag mit geschlossenen Augen leise stöhnend da. Ich schaute bang in sein Gesicht, es war bleich und vom Schmerz verzogen. Und als seine Mutter meine Hand nahm und sie auf seine legte, machte er die Augen auf und sah mich eine kleine Weile still an. Seine Augen waren groß und verändert, und wie er mich ansah, war es ein fremder wunderlicher Blick wie aus einer weiten Ferne her, als kenne er mich gar nicht und sei über mich verwundert, habe aber zugleich andere und viel wichtigere Gedanken. Auf den Zehen schlich ich nach kurzer Zeit wieder hinaus.

Am Nachmittag aber, während ihm auf seine Bitte die Mutter eine Geschichte erzählte, sank er in einen Schlummer, der bis an den Abend dauerte und währenddessen sein schwacher Herzschlag langsam einträumte und erlosch.

Als ich ins Bett ging, wußte es meine Mutter schon. Doch sagte sie mir's erst am Morgen, nach der Milch. Darauf ging ich den ganzen Tag traumwandelnd umher und stellte mir vor, daß der Brosi zu den Engeln gekommen und selber einer geworden sei. Daß sein kleiner magerer Leib mit der Narbe auf der Schulter noch drüben im Hause lag, wußte ich nicht, auch vom Begräbnis sah und hörte ich nichts.

Meine Gedanken hatten viel Arbeit damit, und es verging wohl eine Zeit, bis der Gestorbene mir fern und unsichtbar wurde. Dann aber kam früh und plötzlich der ganze Frühling, über die Berge flog es gelb und grün, im Garten roch es nach jungem Wuchs, der Kastanienbaum tastete mit weich gerollten Blättern aus den aufgesprungenen Knospenhüllen, und an allen Gräben lachten auf fetten Stielen die goldgelben glänzenden Butterblumen.

Kind im Frühling

So weiß im reichen Maienblust
Die schmucken Bäume stehen,
Es muß die ganze Blütenlust
Im nächsten Wind verwehen.

Auch deine jungen Tage, Kind,
Und deine Lustgebärden,
Sie müssen bald, so hold sie sind,
Verblühn und dunkel werden.

In Schmerzen nur und Dunkelheit
Wird süße Frucht geboren.
Doch ist sie reif, so war kein Leid
Und war kein Weh verloren.

Ein Augenblick des Erwachens

Zu den unvergeßlichen Augenblicken eines Lebens gehören jene seltenen, in welchen der Mensch sich selber wie von außen sieht und plötzlich Züge an sich erkennt, welche gestern noch nicht da oder ihm doch unbekannt waren: mit einem Zusammenzucken und leisen Erschrecken nehmen wir wahr, daß wir nicht das immer gleiche, festgeprägte und ewige Wesen sind, als das der Mensch sich meistens fühlt, wir erwachen aus diesem süß lügenden Traum für einen Augenblick, sehen uns verändert, gewachsen oder geschwunden, entwickelt oder verkümmert, sehen und wissen uns für einen Augenblick, sei es entsetzt oder beseligt, mit in dem unendlichen Strom der Entwicklung, der Veränderungen, der rastlos zehrenden Vergänglichkeit schwimmen, von welchen wir zwar wohl wissen, von welchen wir aber gewöhnlich uns selber und etwa einige unsrer Ideale ausnehmen. Denn wären wir wach, dehnten jene Sekunden oder Stunden des Erwachens sich zu Monaten und Jahren, so vermöchten wir nicht zu leben, wir ertrügen es auf keine Weise, und vermutlich kennen die meisten Menschen auch jene kurzen Blicke, jene Sekunden des Wachwerdens nicht, sondern wohnen zeitlebens im Turm ihres scheinbar unveränderlichen Ich wie Noah in der Arche, sehen den Lebensstrom, den Todesstrom an sich vorübertosen, sehen Fremde und Freunde von ihm fortgerissen, rufen ihnen nach, beweinen sie, und glauben selbst immerzu festzustehen und vom Ufer her zuzuschauen, nicht mitzuströmen und mitzusterben. Jeder Mensch ist Mittelpunkt der Welt, um jeden scheint sie sich willig zu drehen, und jeder Mensch und jedes Menschen Lebenstag ist der End- und Höhepunkt der Weltgeschichte: hinter ihm die Jahrtausende und Völker sind abgewelkt und dahingesunken, und vor ihm ist nichts, einzig dem Augenblick, dem Scheitelpunkt der Gegenwart scheint der ganze riesige Apparat der Weltgeschichte zu dienen. Der primitive Mensch empfindet jede Störung dieses Gefühls, daß er Mittelpunkt sei, daß er am Ufer stehe, während die andern vom Strom hinabgerissen werden, als Bedrohung, er lehnt es ab, erweckt und belehrt zu werden, er empfindet das Erwachen, das Berührtwerden von der Wirklichkeit, er empfindet den Geist als feindlich und hassenswert, und wendet sich mit erbittertem Instinkt von jenen ab, die er von Zuständen des Wachwerdens befallen sieht, von den Sehern, Problematikern, Genies, Propheten, Besessenen.

Von jenen Augenblicken eines Erwachens oder

Sehendwerdens, so scheint es mir heute, habe auch ich nicht sehr viele gehabt, und manche von ihnen hat mein Gedächtnis durch lange Strecken meines Lebens hin verleugnet und immer wieder mit Staub zu bedecken gesucht. Die paar Erlebnisse des Wachwerdens, welche in meine jungen Jahre fallen, waren die stärksten. Später freilich, wenn wieder einmal eine Mahnung kam, war ich erfahrener, war klüger, oder war doch weiserer und besser formulierter Reflexionen fähig, aber die Erlebnisse selbst, die Zukkungen jener wachen Momente, waren in der Jugend elementarer und überraschender, sie wurden blutiger und leidenschaftlicher erlebt. Und wenn zu einem Achtzigjährigen ein Erzengel träte und ihn anredete, so würde das greise Herz auch nicht banger und nicht seliger zu schlagen vermögen als einst, da er jung war und zum erstenmal vor einer abendlichen Gartentür auf Lise oder Berta wartete.

Das Erlebnis, dessen ich mich heute erinnere, hat nicht einmal Minuten gedauert, nur Sekunden. Aber in den Sekunden des Erwachens und Sehendwerdens sieht man viel, und das Erinnern und Aufzeichnen braucht, wie bei Träumen, das Vielfache an Zeit als das Erleben selbst.

Es war in unsrem Vaterhaus in Calw, und es war Weihnachtsabend im »schönen Zimmer« ...

Das Evangelium war gesprochen, das zweite Lied war gesungen, ich hatte schon während des Singens die Tischecke erspäht, wo meine Geschenke aufgebaut waren, und jetzt näherte sich jeder seinem Platze, die Mägde wurden von der Mutter an die ihren geführt. Es war im Zimmer schon warm geworden und die Luft ganz überfüllt vom Geflimmer der Kerzen, vom Wachs- und Harzgeruch und vom starken Duft des Backwerks. Die Mägde flüsterten aufgeregt miteinander und zeigten sich und betasteten ihre Sachen, eben hatte meine jüngere Schwester ihre Geschenke entdeckt und stieß einen lauten Jubelruf aus. Ich war damals entweder dreizehn oder vierzehn Jahre alt.

Ich hatte mich, wie wir alle, vom Christbaum weg und den Tischen zugewendet, wo die Geschenke lagen, ich hatte meinen Platz mit suchenden Augen entdeckt und strebte jetzt auf ihn zu. Dabei mußte ich meinen kleinen Bruder Hans und ein niedriges Kinder-Spieltischchen umgehen, auf dem seine Bescherung aufgebaut war. Mit einem Blick streifte ich seine Geschenke, ihr Mittelpunkt und Prunkstück war ein Satz von winzig kleinem Tongeschirr; drollig liliputanische Tellerchen, Krügchen, Täßchen standen da beisammen, komisch und rührend in ihrer hübschen Kleinheit, jede Tasse war kleiner als ein

Fingerhut. Über dieses tönerne Zwerggeschirr gebeugt, mit vorgestrecktem Kopf, stand mein kleiner Bruder, und im Vorbeigehen sah ich eine Sekunde lang sein Kindergesicht – er war fünf Jahre jünger als ich – und habe es in dem halben Jahrhundert, das seitdem vergangen ist, manche Male in Erinnerung so wiedergesehen, wie es mir in jener Sekunde sich offenbarte: ein still strahlendes, leicht zum Lächeln zusammengenommenes, von Glück und Freude ganz und gar verklärtes und verzaubertes Kindergesicht.

Dies war das ganze Erlebnis. Es war schon vorüber, als ich mit dem nächsten Schritt bei meinen Geschenken angekommen war und von ihnen in Anspruch genommen wurde, Geschenken, von denen ich heute keins mehr mir vorstellen und benennen kann, während ich Hansens Töpfchen noch in genauester Erinnerung habe. Im Herzen blieb das Bild bewahrt, bis heute, und im Herzen geschah alsbald, kaum daß mein Auge das Brudergesicht wahrgenommen hatte, eine mannigfaltige Bewegung und Erschütterung. Die erste Regung im Herzen war die einer starken Zärtlichkeit gegen den kleinen Hans, gemischt jedoch mit einem Gefühl von Abstand und Überlegenheit, denn hübsch und entzückend zwar, aber kindisch erschien mir solche Verklärtheit und

Beseligung über diesen kleinen tönernen Kram, den man beim Hafner für ein paar Groschen haben konnte. Indessen widersprach schon die nächste Zuckung des Herzens wieder: sofort nämlich, oder eigentlich schon gleichzeitig empfand ich meine Verachtung für diese Krügelchen und Täßchen als etwas Schmähliches, ja Gemeines, und noch schmählicher war mein Gefühl von Klügersein und von Überlegenheit über den Kleineren, der sich noch so bis zur Entrücktheit zu freuen vermochte und für den die Weihnacht, die Täßchen und das alles noch den vollen Zauberglanz und die Heiligkeit hatten, die sie einst auch für mich gehabt hatten. Das war der Kern und Sinn dieses Erlebnisses, das Aufweckende und Erschreckende: es gab den Begriff »Einst« für mich! Hans war ein Kind, ich aber wußte plötzlich, daß ich keines mehr sei und nie mehr sein würde! Hans erlebte sein Gabentischchen wie ein Paradies, und ich war nicht nur solchen Glückes nicht mehr fähig, sondern ich fühlte mich ihm mit Stolz entwachsen, mit Stolz und doch auch beinah mit Neid. Ich blickte zu meinem Bruder, der eben noch meinesgleichen gewesen war, aus einer Distanz hinüber, von oben und kritisch, und fühlte zugleich Scham darüber, daß ich ihn und sein Tongeschirr so hatte betrachten können, so zwischen Mitleid und Verachtung, so zwischen Überheblichkeit und Neid. Ein Augenblick hatte diese Distanz geschaffen, hatte diese tiefe Kluft aufgerissen. Ich sah und wußte plötzlich: ich war kein Kind mehr, ich war älter und klüger als Hans, und war auch böser und kälter.

Es war an jenem Christabend nichts geschehen, als daß ein kleines Stück Wachstum in mir drängte und Unbehagen schuf, daß im Prozeß meiner Ichwerdung einer von tausend Ringen sich schloß – aber er tat es nicht, wie fast alle, im Dunkeln, ich war einen Augenblick wach und mit Bewußtsein dabei, und ich wußte zwar nicht, konnte es aber am Widerstreit meiner Empfindungen deutlich spüren, daß es kein Wachstum gibt, das nicht ein Sterben enthält. Es fiel in jenem Augenblick ein Blatt vom Baum, es welkte eine Schuppe von mir ab. Dies geschieht in jeder Stunde unsres Lebens, es ist des Werdens und Welkens kein Ende, aber nur sehr selten sind wir wach und achten einen Augenblick auf das, was in uns vorgeht. Seit der Sekunde, in der ich das Entzükken im Gesicht meines Bruders gesehen, wußte ich über mich und über das Leben eine Menge Dinge, die ich beim Eintritt in dies festlich duftende Zimmer und beim Mitsingen des Weihnachtsliedes noch nicht gewußt hatte.

Bei den vielen späteren Malen, in denen ich mich des Erlebnisses erinnerte, war es mir jedesmal merkwürdig, wie genau in ihm die beiden gegensätzlichen Hälften ausgewogen waren: dem gesteigerten Selbstgefühl entsprach ein dunkles Gefühl von Schuld, dem Gefühl von Erwachsensein ein Gefühl von Verarmung, dem Klugsein und Überlegensein eine Regung von schlechtem Gewissen, der spöttischen Distanz zum kleineren Bruder ein Bedürfnis, ihn dafür um Verzeihung zu bitten und seine Unschuld als den höheren Wert anzuerkennen. Das klingt alles recht unnaiv und kompliziert, aber in den Momenten des Wachseins sind wir eben keineswegs naiv; in den Momenten, in denen wir nackt der Wahrheit gegenüberstehen, fehlt uns stets die Sicherheit eines guten Gewissens und das Behagen des unbedingten Glaubens an uns selber. Im Augenblick des Wachseins könnte möglicherweise ein Mensch sich töten, niemals aber einen andern. Im Augenblick des Wachseins ist der Mensch stets sehr gefährdet, denn er steht nun offen und muß die Wahrheit in sich einlassen, und die Wahrheit lieben zu lernen und als Lebenselement zu empfinden, dazu gehört viel, denn zunächst einmal ist der Mensch Kreatur und steht der Wahrheit durchaus als Feind gegenüber. Und in der Tat ist ja die Wahrheit niemals so, wie man sie sich wünschen und wählen würde, aber immer ist sie unerbittlich.

Und so hatte auch mich in der Sekunde des Wachseins die Wahrheit angeblickt. Man konnte sie gleich nachher wieder zu vergessen suchen, man konnte sie nachträglich mildern und beschönigen, und das tat man denn auch, jedesmal tat man es. Dennoch blieb von jedem Erwachen ein Blitz zurück, ein Sprung in der glatten Oberfläche des Lebens, ein Schreck, eine Mahnung. Und sooft man sich eines Erwachens später erinnert, sind es nicht die Reflexionen und Beschönigungen, deren man wieder innewird, sondern das Erlebnis selbst: der Blitz, der Schreck.

Ich hatte, selbst beinah noch Kind, plötzlich die von mir abgewelkte Kindheit leibhaftig vor mir gesehen, im Gesicht des Brüderchens, und die Betrachtungen und Erkenntnisse, die sich mir daraus in den folgenden Stunden und Tagen ergaben, waren nur abblätternde Schalen, sie lagen schon alle im Erlebnis selber. Das meine war eigentlich ein hübsches und freundliches gewesen; was ich gesehen hatte und wofür mir für einen Moment die Augen geöffnet worden waren, war ein liebenswertes, sanftes und holdes Bild. Die Seligkeit auf einem Kindergesicht hatte ich gesehen. Trotzdem war es Blitz und Schreck, denn der Inhalt eines jeden Wachwerdens ist der gleiche, es gibt Millionen Gesichter der Wahrheit, aber nur eine Wahrheit ... In Gestalt eines Lächelns und Augenschimmers, in Gestalt eines zarten Leuchtens hatte ich das Glück zu sehen bekommen, das Glück, das man nur besitzen kann, solange man es nicht sieht. Es sah wunderbar strahlend und herzgewinnend aus, das Glück. Aber es hatte auch etwas, worüber man lächeln und dem man sich überlegen fühlen konnte, es war kindlich, und ich war sogar geneigt, es etwas kindisch zu finden, etwas dümmlich. Es forderte zum Neid heraus, aber auch zum Spott, und wenn ich schon des Glücks nicht mehr fähig war, so war ich dafür des Spottes fähig und der Kritik ...

Dies war das Bittere und Anklagende, das mir der Blitz des Wachwerdens gebracht hatte. Aber es war noch etwas anderes Bitteres in der Wahrheit enthalten. Das erste ging nur mich selber an und war moralisch, es war eine Beschämung und Lektion für mich. Das andere aber war allgemeiner, tat im Augenblick weniger weh und ging am Ende doch tiefer – es war nun einmal so mit der Wahrheit, sie war unangenehm und unerbittlich. Nämlich: auch das Glück, das Bruder Hans besaß und von dem sein Gesicht so leuchtend gewesen war, auch dieses Glück war nichts Zuverlässiges, es konnte welken, es konnte verlorengehen, auch ich hatte es ja gehabt und hatte es verloren, und auch Hans, der es noch hatte, würde es einmal verlieren. Davon, daß ich dies wußte, kam es, daß ich außer dem Neid und außer der Spottlust auch noch etwas andres gegen Hans empfand, nämlich Mitleid. Nicht ein brennendes und heftiges Mitleid, sondern ein sanftes, aber herzbewegendes, dasselbe Mitleid, das man mit den Blumen einer Wiese haben konnte, die schon der Schnitter zu mähen begonnen hat.

Es wäre Schönes, Zartes und Liebenswertes zu erzählen von meiner Kindheit, von meinem Geborgensein bei Vater und Mutter, von Kindesliebe und genügsam spielerischem Hinleben in sanften, lieben, lichten Umgebungen. Aber mich interessieren nur die Schritte, die ich in meinem Leben tat, um zu mir selbst zu gelangen. Alle die hübschen Ruhepunkte, Glücksinseln und Paradiese, deren Zauber mir nicht unbekannt blieb, lasse ich im Glanz der Ferne liegen und begehre nicht, sie nochmals zu betreten.

Darum spreche ich, soweit ich noch bei meiner Knabenzeit verweile, nur von dem, was Neues mir zukam, was mich vorwärts trieb, mich losriß.

Immer kamen diese Anstöße von der »anderen Welt«, immer brachten sie Angst, Zwang und böses Gewissen mit sich, immer waren sie revolutionär und gefährdeten den Frieden, indem ich gern wohnen geblieben wäre.

Es kamen die Jahre, in welchen ich aufs neue entdecken mußte, daß in mir selbst ein Urtrieb lebte, der in der erlaubten und lichten Welt sich verkriechen und verstecken mußte. Wie jeden Menschen, so fiel auch mich das langsam erwachende Gefühl des Geschlechts als ein Feind und Zerstörer an, als Verbotenes, als Verführung und Sünde. Was meine Neugierde suchte, was mir Träume, Lust und Angst schuf, das große Geheimnis der Pubertät, das paßte gar nicht in die umhegte Glückseligkeit meines Kinderfriedens. Ich tat wie alle. Ich führte das Doppelleben des Kindes, das doch kein Kind mehr ist. Mein Bewußtsein lebte im Heimischen und Erlaubten, mein Bewußtsein leugnete die empordämmernde neue Welt. Daneben aber lebte ich in Träumen, Trieben, Wünschen von unterirdischer Art, über welches jenes bewußte Leben sich immer ängstlichere Brükken baute, denn die Kinderwelt in mir fiel zusammen.

Wie fast alle Eltern, so halfen auch die meinen nicht den erwachenden Lebenstrieben, von denen nicht gesprochen ward. Sie halfen nur, mit unerschöpflicher Sorgfalt, meinen hoffnungslosen Versuchen, das Wirkliche zu leugnen und in einer Kindeswelt weiter zu hausen, die immer unwirklicher und verlogener ward. Ich weiß nicht, ob Eltern hierin viel tun können, und mache den meinen keinen Vorwurf. Es war meine eigene Sache, mit mir fertig zu werden und meinen Weg zu finden, und ich tat meine Sache schlecht, wie die meisten Wohlerzogenen.

Jeder Mensch durchlebt diese Schwierigkeit. Für

den Durchschnittlichen ist dies der Punkt im Leben, wo die Forderung des eigenen Lebens am härtesten mit der Umwelt in Streit gerät, wo der Weg nach vorwärts am bittersten erkämpft werden muß. Viele erleben das Sterben und Neugeborenwerden, das unser Schicksal ist, nur dies eine Mal im Leben, beim Morschwerden und langsamen Zusammenbrechen der Kindheit, wenn alles Liebgewordene uns verlassen will und wir plötzlich die Einsamkeit und tödliche Kälte des Weltraums um uns fühlen. Und sehr viele bleiben für immer an dieser Klippe hängen und kleben ihr Leben lang schmerzlich am unwiederbringlich Vergangenen, am Traum vom verlorenen Paradies, der der schlimmste und mörderischste aller Träume ist.

Zwei Welten

Ich beginne meine Geschichte mit einem Erlebnisse der Zeit, wo ich zehn Jahre alt war und in die Lateinschule unseres Städtchens ging.

Viel duftet mir da entgegen und rührt mich von innen mit Weh und mit wohligen Schauern an, dunkle Gassen und helle Häuser und Türme, Uhrschläge und Menschengesichter, Stuben voll Wohnlichkeit und warmem Behagen, Stuben voll Geheimnis und tiefer Gespensterfurcht. Es riecht nach warmer Enge, nach Kaninchen und Dienstmägden, nach Hausmitteln und getrocknetem Obst. Zwei Welten liefen dort durcheinander, von zwei Polen her kamen Tag und Nacht.

Die eine Welt war das Vaterhaus, aber sie war sogar noch enger, sie umfaßte eigentlich nur meine Eltern. Diese Welt war mir großenteils wohlbekannt, sie hieß Mutter und Vater, sie hieß Liebe und Strenge, Vorbild und Schule. Zu dieser Welt gehörte milder Glanz, Klarheit und Sauberkeit, hier waren sanfte freundliche Reden, gewaschene Hände, reine Kleider, gute Sitten daheim. Hier wurde der Morgenchoral gesungen, hier wurde Weihnacht gefeiert. In dieser Welt gab es gerade Linien und Wege, die in die Zukunft führten, es gab Pflicht und Schuld, schlechtes Gewissen und Beichte, Verzeihung und gute Vorsätze, Liebe und Verehrung, Bibelwort und Weisheit. Zu dieser Welt mußte man sich halten, damit das Leben eben klar und reinlich, schön und geordnet sei.

Die andere Welt indessen begann schon mitten in unserem eigenen Hause und war völlig anders, roch anders, sprach anders, versprach und forderte anderes. In dieser zweiten Welt gab es Dienstmägde und Handwerksburschen, Geistergeschichten und Skandalgerüchte, es gab da eine bunte Flut von ungeheuren, lockenden furchtbaren, rätselhaften Dingen, Sachen wie Schlachthaus und Gefängnis, Betrunkene und keifende Weiber, gebärende Kühe, gestürzte Pferde, Erzählungen von Einbrüchen, Totschlägen, Selbstmorden. Alle diese schönen und grauenhaften, wilden und grausamen Sachen gab es ringsum, in der nächsten Gasse, im nächsten Haus; Polizeidiener und Landstreicher liefen herum, Betrunkene schlugen ihre Weiber, Knäuel von jungen Mädchen quollen abends aus den Fabriken, alte Frauen konnten einen bezaubern und krank machen, Räuber wohnten im Wald, Brandstifter wurden von Landjägern gefangen – überall quoll und duftete diese zweite, heftige Welt, überall, nur nicht in unsern Zimmern, wo Mutter und Vater waren.

Und das war sehr gut. Es war wunderbar, daß es hier bei uns Frieden, Ordnung und Ruhe gab, Pflicht und gutes Gewissen, Verzeihung und Liebe – und wunderbar, daß es auch alles das andere gab, alles das Laute und Grelle, Düstere und Gewaltsame, dem man doch mit einem Sprung zur Mutter entfliehen konnte.

Und das Seltsamste war, wie die beiden Welten aneinander grenzten, wie nah sie beisammen waren! Zum Beispiel unsere Dienstmagd Lina, wenn sie am Abend bei der Andacht in der Wohnstube bei der Türe saß und mit ihrer hellen Stimme das Lied mitsang, die gewaschenen Hände auf die glattgestrichene Schürze gelegt, dann gehörte sie ganz zu Vater und Mutter, zu uns, ins Helle und Richtige. Gleich darauf in der Küche oder im Holzstall, wenn sie mir die Geschichte vom Männlein ohne Kopf erzählte, oder wenn sie beim Metzger im kleinen Laden mit den Nachbarweibern Streit hatte, dann war sie eine andere, gehörte zur andern Welt, war von Geheimnis umgeben. Und so war es mit allem, am meisten mit mir selber. Gewiß, ich gehörte zur hellen und richtigen Welt, ich war meiner Eltern Kind, aber wohin ich Auge und Ohr richtete, überall war das andere da, und ich lebte auch im andern, obwohl es mir oft fremd und unheimlich war, obwohl man dort regelmäßig ein schlechtes Gewissen und Angst bekam. Ich lebte sogar zuzeiten am allerliebsten in der verbotenen Welt, und oft war die Heimkehr ins Helle – so notwendig und gut sie sein mochte – fast wie eine Rückkehr ins weniger Schöne, ins Langweiligere und Ödere. Manchmal wußte ich: mein Ziel im Leben war, so wie mein Vater und meine Mutter zu werden, so hell und rein, so überlegen und geordnet; aber bis dahin war der Weg weit, bis dahin mußte man Schulen absitzen und studieren und Proben und Prüfungen ablegen, und der Weg führte immerzu an der anderen, dunkleren Welt vorbei, durch sie hindurch, und es war gar nicht unmöglich, daß man bei ihr blieb und in ihr versank. Es gab Geschichten von verlorenen Söhnen, denen es so gegangen war, ich hatte sie mit Leidenschaft gelesen. Da war stets die Heimkehr zum Vater und zum Guten so erlösend und großartig, ich empfand durchaus, daß dies allein das Richtige, Gute und Wünschenswerte sei, und dennoch war der Teil der Geschichte, der unter den Bösen und Verlorenen spielte, weitaus der lockendere, und wenn man es hätte sagen und gestehen dürfen, war es eigentlich manchmal geradezu schade, daß der Verlorene Buße tat und wieder gefunden wurde. Aber das sagte man nicht und dachte es auch nicht. Es war nur irgendwie vorhanden, als eine Ahnung und Möglichkeit, ganz unten im Gefühl. Wenn ich mir den Teufel vorstellte, so konnte ich ihn mir ganz gut auf der Straße unten denken, verkleidet oder offen, oder auf dem Jahrmarkt, oder in einem Wirtshaus, aber niemals bei uns daheim.

Meine Schwestern gehörten ebenfalls zur hellen Welt. Sie waren, wie mir oft schien, im Wesen näher bei Vater und Mutter, sie waren besser, gesitteter, fehlerloser als ich. Sie hatten Mängel, sie hatten Unarten, aber mir schien, das ging nicht sehr tief, das war nicht wie bei mir, wo die Berührung mit dem Bösen oft so schwer und peinigend wurde, wo die dunkle Welt viel näher stand. Die Schwestern waren, gleich den Eltern, zu schonen und zu achten, und wenn man mit ihnen Streit gehabt hatte, war man nachher vor dem eigenen Gewissen immer der Schlechte, der Anstifter, der, der um Verzeihung bitten mußte. Denn in den Schwestern beleidigte man die Eltern, das Gute und Gebietende. Es gab Geheimnisse, die ich mit den verworfensten Gassenbuben weit eher teilen konnte als mit meinen Schwestern. An guten Tagen, wenn es licht war und das Gewissen in Ordnung, da war es oft köstlich, mit den Schwestern zu spielen, gut und artig mit ihnen zu sein und sich selbst in einem braven, edlen Schein zu sehen. So mußte es sein, wenn man ein Engel war! Das war das Höchste, was wir wußten, und wir dachten es uns süß und wunderbar, Engel zu sein, umgeben von einem lichten Klang und Duft wie Weihnacht und Glück. O wie selten gelangen solche Stunden und Tage! Oft war ich beim Spiel, bei guten, harmlosen, erlaubten Spielen, von einer Leidenschaft und Heftigkeit, die den Schwestern zu viel wurde, die zu Streit und Unglück führte, und wenn dann der Zorn über mich kam, war ich schrecklich und tat und sagte Dinge, deren Verworfenheit ich, noch während ich sie tat und sagte, tief und brennend empfand. Dann kamen arge, finstere Stunden der Reue und Zerknirschung, und dann der wehe Augenblick, wo ich um Verzeihung bat, und dann wieder ein Strahl der Helle, ein stilles, dankbares Glück ohne Zwiespalt, für Stunden oder Augenblicke.

Ich ging in die Lateinschule, der Sohn des Bürgermeisters und des Oberförsters waren in meiner Klasse und kamen zuweilen zu mir, wilde Buben und dennoch Angehörige der guten, erlaubten Welt. Trotzdem hatte ich nahe Beziehungen zu Nachbarsknaben, Schülern der Volksschule, die wir sonst verachteten. Mit einem von ihnen muß ich meine Erzählung beginnen.

An einem freien Nachmittag – ich war wenig mehr als zehn Jahre alt – trieb ich mich mit zwei Knaben aus der Nachbarschaft herum. Da kam ein größerer dazu, ein kräftiger und roher Junge von etwa dreizehn Jahren, ein Volksschüler, der Sohn eines Schneiders. Sein Vater war ein Trinker, und die ganze Familie stand in schlechtem Ruf. Franz Kromer war mir wohl bekannt, ich hatte Furcht vor ihm, und es gefiel mir nicht, als er jetzt zu uns stieß. Er hatte schon männliche Manieren und ahmte den Gang und die Redensarten der jungen Fabrikburschen nach. Unter seiner Anführung stiegen wir neben der Brücke ans Ufer hinab und verbargen uns vor der Welt unterm ersten Brückenbogen. Das schmale Ufer zwischen der gewölbten Brückenwand und dem träg fließenden Wasser bestand aus lauter Abfällen, aus Scherben und Gerümpel, wirren Bündeln von verrostetem Eisendraht und anderem Kehricht. Man fand dort zuweilen brauchbare Sachen; wir mußten unter Franz Kromers Führung die Strecke absuchen und ihm zeigen, was wir fanden. Dann steckte er es entweder zu sich oder warf es ins Wasser hinaus. Er hieß uns darauf achten, ob Sachen aus Blei, Messing oder Zinn darunter wären, die steckte er alle zu sich, auch einen alten Kamm aus Horn. Ich fühlte mich in seiner Gesellschaft sehr beklommen, nicht weil ich wußte, daß mein Vater mir diesen Umgang verbieten würde, wenn er davon wüßte, sondern aus Angst vor Franz selber. Ich war froh, daß er mich nahm und behandelte wie die andern. Er befahl, und wir gehorchten, es war, als sei das ein alter Brauch, obwohl ich das erste Mal mit ihm zusammen war.

Schließlich setzten wir uns an den Boden, Franz spuckte ins Wasser und sah aus wie ein Mann; er spuckte durch eine Zahnlücke und traf, wohin er wollte. Es begann ein Gespräch, und die Knaben kamen ins Rühmen und Großtun mit allerlei Schülerheldentaten und bösen Streichen. Ich schwieg und fürchtete doch, gerade durch mein Schweigen aufzufallen und den Zorn des Kromer auf mich zu lenken. Meine beiden Kameraden waren von Anfang an von mir abgerückt und hatten sich zu ihm bekannt, ich war ein Fremdling unter ihnen und fühlte, daß meine Kleidung und Art für sie herausfordernd sei. Als Lateinschüler und Herrensöhnchen konnte Franz mich unmöglich lieben, und die beiden andern, das fühlte ich wohl, würden mich, sobald es darauf ankäme, verleugnen und im Stich lassen.

Endlich begann ich aus lauter Angst auch zu erzählen. Ich erfand eine große Räubergeschichte, zu deren Helden ich mich machte. In einem Garten bei der Eckmühle, erzählte ich, hätte ich mit einem Kameraden bei Nacht einen ganzen Sack voll Äpfel gestohlen, und nicht etwa gewöhnliche, sondern lauter Reinetten und Goldparmänen, die besten Sorten. Aus den Gefahren des Augenblicks flüchtete ich mich in diese Geschichte, das Erfinden und Erzählen war mir geläufig. Um nur nicht gleich wieder aufzuhören und vielleicht in Schlimmeres verwickelt zu werden, ließ ich meine ganze Kunst glänzen. Einer von uns, erzählte ich, hatte immer Schildwache stehen müssen, während der andre im Baum war und die Äpfel herunterwarf, und der Sack sei so schwer gewesen, daß wir ihn zuletzt wieder öffnen und die Hälfte zurücklassen mußten, aber wir kamen nach einer halben Stunde wieder und holten auch sie noch.

Als ich fertig war, hoffte ich auf einigen Beifall, ich war zuletzt warm geworden und hatte mich am Fabulieren berauscht. Die beiden Kleinern schwiegen abwartend, Franz Kromer aber sah mich aus halb zugekniffenen Augen durchdringend an und fragte mit drohender Stimme: »Ist das wahr?«

»Jawohl«, sagte ich.

»Also wirklich und wahrhaftig?«

»Ja, wirklich und wahrhaftig«, beteuerte ich trotzig, während ich innerlich vor Angst erstickte.

»Kannst du schwören?«

Ich erschrak sehr, aber ich sagte sofort ja.

»Also sag: Bei Gott und Seligkeit!«

Ich sagte: »Bei Gott und Seligkeit.«

»Na ja«, meinte er dann und wandte sich ab.

Ich dachte, damit sei es gut, und war froh, als er sich bald erhob und den Rückweg einschlug. Als wir auf der Brücke waren, sagte ich schüchtern, ich müsse jetzt nach Hause.

»Das wird nicht so pressieren«, lachte Franz, »wir haben ja den gleichen Weg.«

Langsam schlenderte er weiter, und ich wagte nicht auszureißen, aber er ging wirklich den Weg gegen unser Haus. Als wir dort waren, als ich unsre Haustür sah und den dicken messingenen Drücker, die Sonne in den Fenstern und die Vorhänge im Zimmer meiner Mutter, da atmete ich tief auf. O Heimkehr! O gute, gesegnete Rückkunft nach Hause, ins Helle, in den Frieden!

Als ich schnell die Tür geöffnet hatte und hineinschlüpfte, bereit, sie hinter mir zuzuschlagen, da drängte Franz Kromer sich mit hinein. Im kühlen, düsteren Fliesengang, der nur vom Hof her Licht bekam, stand er bei mir, hielt mich am Arm und sagte leise: »Nicht so pressieren, du!«

Erschrocken sah ich ihn an. Sein Griff um meinen

Arm war fest wie Eisen. Ich überlegte, was er im Sinn haben könnte und ob er mich etwa mißhandeln wolle. Wenn ich jetzt schreien würde, dachte ich, laut und heftig schreien, ob dann wohl schnell genug jemand von droben dasein würde, um mich zu retten? Aber ich gab es auf.

»Was ist?« fragte ich. »Was willst du?«

»Nicht viel. Ich muß dich bloß noch etwas fragen. Die andern brauchen das nicht zu hören.«

»So? Ja, was soll ich dir noch sagen? Ich muß hinauf, weißt du.«

»Du weißt doch«, sagte Franz leise, »wem der Obstgarten bei der Eckmühle gehört?«

»Nein, ich weiß nicht. Ich glaube, dem Müller.«

Franz hatte den Arm um mich geschlungen und zog mich nun ganz dicht zu sich heran, daß ich ihm aus nächster Nähe ins Gesicht sehen mußte. Seine Augen waren böse, er lächelte schlimm, und sein Gesicht war voll Grausamkeit und Macht.

»Ja, mein Junge, ich kann dir schon sagen, wem der Garten gehört. Ich weiß schon lang, daß die Äpfel gestohlen sind, und ich weiß auch, daß der Mann gesagt hat, er gebe jedem zwei Mark, der ihm sagen kann, wer das Obst gestohlen hat.«

»Lieber Gott!« rief ich. »Aber du wirst ihm doch nichts sagen?«

Ich fühlte, daß es unnütz sein würde, mich an sein Ehrgefühl zu wenden. Er war aus der andern Welt, für ihn war Verrat kein Verbrechen. Ich fühlte das genau. In diesen Sachen waren die Leute aus der »anderen« Welt nicht wie wir.

»Nichts sagen?« lachte Kromer. »Lieber Freund, meinst du denn, ich sei ein Falschmünzer, daß ich mir selber Zweimarkstücke machen kann? Ich bin ein armer Kerl, ich habe keinen reichen Vater wie du, und wenn ich zwei Mark verdienen kann, muß ich sie verdienen. Vielleicht gibt er sogar mehr.«

Er ließ mich plötzlich wieder los. Unser Hausflur roch nicht mehr nach Frieden und Sicherheit, die Welt brach um mich zusammen. Er würde mich anzeigen, ich war ein Verbrecher, man würde es dem Vater sagen, vielleicht würde sogar die Polizei kommen. Alle Schrecken des Chaos drohten mir, alles Häßliche und Gefährliche war gegen mich aufgeboten. Daß ich gar nicht gestohlen hatte, war ganz ohne Belang. Ich hatte außerdem geschworen. Mein Gott, mein Gott!

Tränen stiegen mir auf. Ich fühlte, daß ich mich loskaufen müsse, und griff verzweifelt in alle meine Taschen. Kein Apfel, kein Taschenmesser, gar nichts war da. Da fiel meine Uhr mir ein. Es war eine alte Silberuhr, und sie ging nicht, ich trug sie »nur so«.

Sie stammte von unsrer Großmutter. Schnell zog ich sie heraus.

»Kromer«, sagte ich, »hör, du mußt mich nicht angeben, das wäre nicht schön von dir. Ich will dir meine Uhr schenken, sieh da; ich habe leider sonst gar nichts. Du kannst sie haben, sie ist aus Silber, und das Werk ist gut, sie hat nur einen kleinen Fehler, man muß sie reparieren.«

Er lächelte und nahm die Uhr in seine große Hand. Ich sah auf diese Hand und fühlte, wie roh und tief feindlich sie mir war, wie sie nach meinem Leben und Frieden griff.

»Sie ist aus Silber –«, sagte ich schüchtern.

»Ich pfeife auf dein Silber und auf deine alte Uhr da!« sagte er mit tiefer Verachtung. »Laß du sie nur selber reparieren!«

»Aber Franz!« rief ich zitternd vor Angst, er möchte weglaufen. »Warte doch ein wenig! Nimm doch die Uhr! Sie ist wirklich aus Silber, wirklich und wahr. Und ich habe ja nichts anderes.«

Er sah mich kühl und verächtlich an.

»Also du weißt, zu wem ich gehe. Oder ich kann es auch der Polizei sagen, den Wachtmeister kenne ich gut.«

Er wandte sich zum Gehen. Ich hielt ihn am Ärmel zurück. Es durfte nicht sein. Ich wäre viel lieber gestorben, als alles das zu ertragen, was kommen würde, wenn er so fortginge.

»Franz«, flehte ich heiser vor Erregung, »mach doch keine dummen Sachen! Gelt, es ist bloß ein Spaß?«

»Jawohl, ein Spaß, aber für dich kann er teuer werden.«

»Sag mir doch, Franz, was ich tun soll! Ich will ja alles tun!«

Er musterte mich mit seinen eingekniffenen Augen und lachte wieder.

»Sei doch nicht dumm!« sagte er mit falscher Gutmütigkeit. »Du weißt ja so gut Bescheid wie ich. Ich kann zwei Mark verdienen, und ich bin kein reicher Mann, daß ich die wegwerfen kann, das weißt du. Du bist aber reich, du hast sogar eine Uhr. Du brauchst mir bloß die zwei Mark zu geben, dann ist alles gut.«

Ich begriff die Logik. Aber zwei Mark! Das war für mich so viel und unerreichbar wie zehn, wie hundert, wie tausend Mark. Ich hatte kein Geld. Es gab ein Sparkästlein, das bei meiner Mutter stand, da waren von Onkelbesuchen und solchen Anlässen her ein paar Zehn- und Fünfpfennigstücke drin. Sonst hatte ich nichts. Taschengeld bekam ich in jenem Alter noch keines.

»Ich habe nichts«, sagte ich traurig. »Ich habe gar kein Geld. Aber sonst will ich dir alles geben. Ich habe ein Indianerbuch, und Soldaten, und einen Kompaß. Ich will ihn dir holen.«

Kromer zuckte nur mit dem kühnen, bösen Mund und spuckte auf den Boden.

»Mach kein Geschwätz!« sagte er befehlend. »Deinen Lumpenkram kannst du behalten. Einen Kompaß! Mach mich jetzt nicht noch bös, hörst du, und gib das Geld her!«

»Aber ich habe keins, ich kriege nie Geld. Ich kann doch nichts dafür!«

»Also dann bringst du mir morgen die zwei Mark. Ich warte nach der Schule unten am Markt. Damit fertig. Wenn du kein Geld bringst, wirst du ja sehen!«

»Ja, aber woher soll ich's denn nehmen? Herrgott, wenn ich doch keins habe –«

»Es ist Geld genug bei euch im Haus. Das ist deine Sache. Also morgen nach der Schule. Und ich sage dir: wenn du es nicht bringst –« Er schoß mir einen furchtbaren Blick ins Auge, spuckte nochmals aus und war wie ein Schatten verschwunden.

Ich konnte nicht hinaufgehen. Mein Leben war zerstört. Ich dachte daran, fortzulaufen und nie mehr wiederzukommen oder mich zu ertränken.

Doch waren das keine deutlichen Bilder. Ich setzte mich im Dunkel auf die unterste Stufe unsrer Haustreppe, kroch eng in mich zusammen und gab mich dem Unglück hin. Dort fand Lina mich weinend, als sie mit einem Korb herunterkam, um Holz zu holen.

Ich bat sie, droben nichts zu sagen, und ging hinauf. Am Rechen neben der Glastüre hing der Hut meines Vaters und der Sonnenschirm meiner Mutter, Heimat und Zärtlichkeit strömte mir von allen diesen Dingen entgegen, mein Herz begrüßte sie flehend und dankbar, wie der verlorene Sohn den Anblick und Geruch der alten heimatlichen Stuben. Aber das alles gehörte mir jetzt nicht mehr, das alles war lichte Vater- und Mutterwelt, und ich war tief und schuldvoll in die fremde Flut versunken, in Abenteuer und Sünde verstrickt, vom Feind bedroht und von Gefahren, Angst und Schande erwartet. Der Hut und Sonnenschirm, der gute alte Sandsteinboden, das große Bild überm Flurschrank, und drinnen aus dem Wohnzimmer her die Stimme meiner älteren Schwester, das alles war lieber, zarter und köstlicher als je, aber es war nicht Trost mehr und sicheres Gut, es war lauter Vorwurf. Dies alles war nicht mehr mein, ich konnte an seiner Heiterkeit und Stille nicht teilhaben. Ich trug Schmutz an meinen Füßen, den ich nicht an der Matte abstreifen konnte, ich brachte Schatten mit mir, von denen die Heimatwelt nichts wußte. Wieviel Geheimnisse hatte ich schon gehabt, wieviel Bangigkeit, aber es war alles Spiel und Spaß gewesen gegen das, was ich heut mit mir in diese Räume brachte. Schicksal lief mir nach, Hände waren nach mir ausgestreckt, vor denen auch die Mutter mich nicht schützen konnte, von denen sie nicht wissen durfte. Ob nun mein Verbrechen ein Diebstahl war oder eine Lüge (hatte ich nicht einen falschen Eid bei Gott und Seligkeit geschworen?) – das war einerlei. Meine Sünde war nicht dies oder das, meine Sünde war, daß ich dem Teufel die Hand gegeben hatte. Warum war ich mitgegangen? Warum hatte ich dem Kromer gehorcht, besser als je meinem Vater? Warum hatte ich die Geschichte von jenem Diebstahl erlogen? Mich mit Verbrechen gebrüstet, als wären es Heldentaten? Nun hielt der Teufel meine Hand, nun war der Feind hinter mir her.

Für einen Augenblick empfand ich nicht mehr Furcht vor morgen, sondern vor allem die schreckliche Gewißheit, daß mein Weg jetzt immer weiter bergab und ins Finstere führe. Ich spürte deutlich, daß aus meinem Vergehen neue Vergehen folgen mußten, daß mein Erscheinen bei den Geschwistern, mein Gruß und Kuß an die Eltern Lüge war, daß ich ein Schicksal und Geheimnis mit mir trug, das ich innen verbarg.

Einen Augenblick blitzte Vertrauen und Hoffnung in mir auf, da ich den Hut meines Vaters betrachtete. Ich würde ihm alles sagen, würde sein Urteil und seine Strafe auf mich nehmen und ihn zu meinem Mitwisser und Retter machen. Es würde nur eine Buße sein, wie ich sie oft bestanden hatte, eine schwere, bittere Stunde, eine schwere und reuevolle Bitte um Verzeihung.

Wie süß das klang! Wie schön das lockte! Aber es war nichts damit. Ich wußte, daß ich es nicht tun würde. Ich wußte, daß ich jetzt ein Geheimnis hatte, eine Schuld, die ich allein und selber ausfressen mußte. Vielleicht war ich gerade jetzt auf dem Scheidewege, vielleicht würde ich von dieser Stunde an für immer und immer dem Schlechten angehören, Geheimnisse mit Bösen teilen, von ihnen abhängen, ihnen gehorchen, ihresgleichen werden müssen. Ich hatte den Mann und Helden gespielt, jetzt mußte ich tragen, was daraus folgte.

Es war mir lieb, daß mein Vater sich, als ich eintrat, über meine nassen Schuhe aufhielt. Es lenkte ab, er bemerkte das Schlimmere nicht, und ich durfte einen Vorwurf ertragen, den ich heimlich mit auf das andere bezog. Dabei funkelte ein sonderbar neues Gefühl in mir auf, ein böses und schneidendes Gefühl voll Widerhaken: ich fühlte mich meinem Vater überlegen! Ich fühlte, einen Augenblick lang, eine gewisse Verachtung für seine Unwissenheit, sein Schelten über die nassen Stiefel schien mir kleinlich. Wenn du wüßtest!, dachte ich und kam mir vor wie ein Verbrecher, den man wegen einer gestohlenen Semmel verhört, während er Morde zu gestehen hätte. Es war ein häßliches und widriges Gefühl, aber es war stark und hatte einen tiefen Reiz, und es kettete mich fester als jeder andere Gedanke an mein Geheimnis und meine Schuld. Vielleicht, dachte ich, ist der Kromer jetzt schon zur Polizei gegangen und hat mich angegeben, und Gewitter ziehen sich über mir zusammen, während man mich hier wie ein kleines Kind betrachtet!

Von diesem ganzen Erlebnis, soweit es bis hier erzählt ist, war dieser Augenblick das Wichtige und Bleibende. Es war ein erster Riß in die Heiligkeit des Vaters, es war ein erster Schnitt in die Pfeiler, auf denen mein Kinderleben geruht hatte, und die jeder Mensch, ehe er selbst werden kann, zerstört haben muß. Aus diesen Erlebnissen, die niemand sieht, besteht die innere, wesentliche Linie unsres Schicksals. Solch ein Schnitt und Riß wächst wieder zu, er wird verheilt und vergessen, in der geheimsten Kammer aber lebt und blutet er weiter.

Mir selbst graute sofort vor dem neuen Gefühl, ich hätte meinem Vater gleich darauf die Füße küssen mögen, um es ihm abzubitten. Man kann aber nichts Wesentliches abbitten, und das fühlt und weiß ein Kind so gut und tief wie jeder Weise.

Ich fühlte die Notwendigkeit, über meine Sache nachzudenken, auf Wege für morgen zu sinnen; aber ich kam nicht dazu. Ich hatte den ganzen Abend einzig damit zu tun, mich an die veränderte Luft in unsrem Wohnzimmer zu gewöhnen. Wanduhr und Tisch, Bibel und Spiegel, Bücherbord und Bilder an der Wand nahmen gleichsam Abschied von mir, ich mußte mit erfrierendem Herzen zusehen, wie meine Welt, wie mein gutes, glückliches Leben Vergangenheit wurde und sich von mir ablöste, und mußte spüren, wie ich mit neuen, saugenden Wurzeln draußen im Finstern und Fremden verankert und festgehalten war. Zum erstenmal kostete ich den Tod, und der Tod schmeckt bitter, denn er ist Geburt, ist Angst und Bangnis vor furchtbarer Neuerung.

Ich war froh, als ich endlich in meinem Bette lag! Zuvor als letztes Fegefeuer war die Abendandacht über mich ergangen, und wir hatten dazu ein Lied gesungen, das zu meinen liebsten gehörte. Ach, ich sang nicht mit, und jeder Ton war Galle und Gift für mich. Ich betete nicht mit, als mein Vater den Segen sprach, und als er endete: »– sei mit uns allen!«, da riß eine Zuckung mich aus diesem Kreise fort. Die Gnade Gottes war mit ihnen allen, aber nicht mehr mit mir. Kalt und tief ermüdet ging ich weg.

Im Bett, als ich eine Weile gelegen war, als Wärme und Geborgenheit mich liebevoll umgaben, irrte mein Herz in der Angst noch einmal zurück, flatterte bang um das Vergangene. Meine Mutter hatte mir wie immer gute Nacht gesagt, ihr Schritt klang noch im Zimmer nach, der Schein ihrer Kerze glühte noch im Türspalt. Jetzt, dachte ich, jetzt kommt sie noch einmal zurück – sie hat es gefühlt, sie gibt mir einen Kuß und fragt, fragt gütig und verheißungsvoll, und dann kann ich weinen, dann schmilzt mir der Stein im Halse, dann umschlinge ich sie und sage es ihr, und dann ist es gut, dann ist Rettung da! Und als der Türspalt schon dunkel geworden war, horchte ich noch eine Weile und meinte, es müsse und müsse geschehen.

Dann kehrte ich zu den Dingen zurück und sah meinem Feind ins Auge. Ich sah ihn deutlich, das eine Auge hatte er eingekniffen, sein Mund lachte roh, und indem ich ihn ansah und das Unentrinnbare in mich fraß, wurde er größer und häßlicher, und sein böses Auge blitzte teufelhaft. Er war dicht bei mir, bis ich einschlief, dann aber träumte ich nicht von ihm und nicht von heute, sondern mir träumte, wir führen in einem Boot, die Eltern und Schwestern und ich, und es umgab uns lauter Friede und Glanz eines Ferientages. Mitten in der Nacht erwachte ich, fühlte noch den Nachgeschmack der Seligkeit, sah noch die weißen Sommerkleider meiner Schwestern in der Sonne schimmern und fiel aus allem Paradies zurück in das, was war, und stand dem Feind mit dem bösen Auge wieder gegenüber.

Am Morgen, als meine Mutter eilig kam und rief, es sei schon spät und warum ich noch im Bett liege, sah ich schlecht aus, und als sie fragte, ob mir etwas fehle, erbrach ich mich.

Damit schien etwas gewonnen. Ich liebte es sehr, ein wenig krank zu sein und einen Morgen lang bei Kamillentee liegenbleiben zu dürfen, zuzuhören, wie die Mutter im Nebenzimmer aufräumte, und wie Lina draußen im Flur den Metzger empfing. Der Vormittag ohne Schule war etwas Verzaubertes und Märchenhaftes, die Sonne spielte dann ins Zimmer und war nicht dieselbe Sonne, gegen die man in der Schule die grünen Vorhänge herabließ. Aber auch das schmeckte heute nicht und hatte einen falschen Klang bekommen.

Ja, wenn ich gestorben wäre! Aber ich war nur so ein wenig unwohl, wie schon oft, und damit war nichts getan. Das schützte mich vor der Schule, aber es schützte mich keineswegs vor Kromer, der um elf Uhr am Markt auf mich wartete. Und die Freundlichkeit der Mutter war diesmal ohne Trost; sie war lästig und tat weh. Ich stellte mich bald wieder schlafend und dachte nach. Es half alles nichts, ich mußte um elf Uhr am Markt sein. Darum stand ich um zehn Uhr leise auf und sagte, daß mir wieder wohl geworden sei. Es hieß, wie gewöhnlich in solchen Fällen, daß ich entweder wieder zu Bette gehen oder am Nachmittag in die Schule gehen müsse. Ich sagte, daß ich gern zur Schule gehe. Ich hatte mir einen Plan gemacht.

Ohne Geld durfte ich nicht zu Kromer kommen. Ich mußte die kleine Sparbüchse an mich bekommen, die mir gehörte. Es war nicht genug Geld darin, das wußte ich, lange nicht genug; aber etwas war es doch, und eine Witterung sagte mir, daß etwas besser sei als nichts und Kromer wenigstens begütigt werden müsse.

Es war mir schlimm zumute, als ich auf Socken in das Zimmer meiner Mutter schlich und aus ihrem

Schreibtisch meine Büchse nahm; aber so schlimm wie das Gestrige war es nicht. Das Herzklopfen würgte mich, und es wurde nicht besser, als ich drunten im Treppenhaus beim ersten Untersuchen fand, daß die Büchse verschlossen war. Es ging sehr leicht, sie aufzubrechen, es war nur ein dünnes Blechgitter zu durchreißen; aber der Riß tat weh, erst damit hatte ich Diebstahl begangen. Bis dahin hatte ich nur genascht, Zuckerstücke und Obst. Dies nun war gestohlen, obwohl es mein eigenes Geld war. Ich spürte, wie ich wieder einen Schritt näher bei Kromer und seiner Welt war, wie es so hübsch Zug um Zug abwärts ging, und setzte Trotz dagegen. Mochte mich der Teufel holen, jetzt ging kein Weg mehr zurück. Ich zählte das Geld mit Angst, es hatte in der Büchse so voll geklungen, nun in der Hand war es elend wenig. Es waren fünfundsechzig Pfennige. Ich versteckte die Büchse im unteren Flur, hielt das Geld in der geschlossenen Hand und trat aus dem Hause, anders als ich je durch dieses Tor gegangen war. Oben rief jemand nach mir, wie mir schien; ich ging schnell davon.

Es war noch viel Zeit, ich drückte mich auf Umwegen durch die Gassen einer veränderten Stadt, unter niegesehenen Wolken hin, an Häusern vorbei, die mich ansahen, und an Menschen, die Verdacht auf mich hatten. Unterwegs fiel mir ein, daß ein Schulkamerad von mir einmal auf dem Viehmarkt einen Taler gefunden hatte. Gern hätte ich gebetet, daß Gott ein Wunder tun und mich auch einen solchen Fund machen lassen möge. Aber ich hatte kein Recht mehr zu beten. Und auch dann wäre die Büchse nicht wieder ganz geworden.

Franz Kromer sah mich von weitem, doch kam er ganz langsam auf mich zu und schien nicht auf mich zu achten. Als er in meiner Nähe war, gab er mir einen befehlenden Wink, daß ich ihm folgen solle, und ging, ohne sich ein einziges Mal umzusehen, ruhig weiter, die Strohgasse hinab und über den Steg, bis er bei den letzten Häusern vor einem Neubau hielt. Es wurde dort nicht gearbeitet, die Mauern standen kahl ohne Türen und Fenster. Kromer sah sich um und ging durch die Tür hinein, ich ihm nach. Er trat hinter die Mauer, winkte mich zu sich und streckte die Hand aus.

»Hast du's?« fragte er kühl.

Ich zog die geballte Hand aus der Tasche und schüttete mein Geld in seine flache Hand. Er hatte es gezählt, noch eh der letzte Fünfer ausgeklungen hatte.

»Das sind fünfundsechzig Pfennig«, sagte er und sah mich an.

»Ja«, sagte ich schüchtern. »Das ist alles, was ich habe, es ist zu wenig, ich weiß wohl. Aber es ist alles. Ich habe nicht mehr.«

»Ich hätte dich für gescheiter gehalten«, schalt er mit einem beinah milden Tadel. »Unter Ehrenmännern soll Ordnung sein. Ich will dir nichts abnehmen, was nicht recht ist, das weißt du. Nimm deine Nickel wieder, da! Der andere – du weißt, wer – versucht nicht, mich herunter zu handeln. Der zahlt.«

»Aber ich habe und habe nicht mehr! Es war meine Sparkasse.«

»Das ist deine Sache. Aber ich will dich nicht unglücklich machen. Du bist mir noch eine Mark und fünfunddreißig Pfennig schuldig. Wann krieg ich die?«

»Oh, du kriegst sie gewiß, Kromer! Ich weiß jetzt nicht – vielleicht habe ich bald mehr, morgen oder übermorgen. Du begreifst doch, daß ich es meinem Vater nicht sagen kann.«

»Das geht mich nichts an. Ich bin nicht so, daß ich dir schaden will. Ich könnte ja mein Geld noch vor Mittag haben, siehst du, und ich bin arm. Du hast schöne Kleider an, und du kriegst was Besseres zu Mittag zu essen als ich. Aber ich will nichts sagen. Ich will meinetwegen ein wenig warten. Übermorgen pfeife ich dir, am Nachmittag, dann bringst du es in Ordnung. Du kennst meinen Pfiff?«

Er pfiff ihn mir vor, ich hatte ihn oft gehört.

»Ja«, sagte ich, »ich weiß.«

Er ging weg, als gehörte ich nicht zu ihm. Es war ein Geschäft zwischen uns gewesen, weiter nichts.

Noch heute, glaube ich, würde Kromers Pfiff mich erschrecken machen, wenn ich ihn plötzlich wieder hörte. Ich hörte ihn von nun an oft, mir schien, ich hörte ihn immer und immerzu. Kein Ort, kein Spiel, keine Arbeit, kein Gedanke, wohin dieser Pfiff nicht drang, der mich abhängig machte, der jetzt mein Schicksal war. Oft war ich in unsrem kleinen Blumengarten, den ich sehr liebte, an den sanften, farbigen Herbstnachmittagen, und ein sonderbarer Trieb hieß mich, Knabenspiele früherer Epochen wieder aufzunehmen; ich spielte gewissermaßen einen Knaben, der jünger war als ich, der noch gut und frei, unschuldig und geborgen war. Aber mitten hinein, immer erwartet und immer doch entsetzlich aufstörend und überraschend, klang der Kromersche Pfiff von irgendwoher, schnitt den Faden ab, zerstörte die Einbildungen. Dann mußte ich gehen, mußte meinem Peiniger an schlechte und häßliche Orte folgen, mußte ihm Rechenschaft ablegen und mich um Geld mahnen lassen. Das Ganze hat vielleicht einige Wochen gedauert, mir schien es aber, es seien Jahre, es sei eine Ewigkeit. Selten hatte ich Geld, einen Fünfer oder einen Groschen, der vom Küchentisch gestohlen war, wenn Lina den Marktkorb dort stehen ließ. Jedesmal wurde ich von Kromer gescholten und mit Verachtung überhäuft; ich war es, der ihn betrügen und ihm sein gutes Recht vorenthalten wollte, ich war es, der ihn bestahl, ich war es, der ihn unglücklich machte! Nicht oft im Leben ist mir die Not so nah ans Herz gestiegen, nie habe ich größere Hoffnungslosigkeit, größere Abhängigkeit gefühlt.

Die Sparbüchse hatte ich mit Spielmarken gefüllt und wieder an ihren Ort gestellt, niemand fragte danach. Aber auch das konnte jeden Tag über mich hereinbrechen. Noch mehr als vor Kromers rohem Pfiff fürchtete ich mich oft vor der Mutter, wenn sie leise zu mir trat – kam sie nicht, um mich nach der Büchse zu fragen?

Da ich viele Male ohne Geld bei meinem Teufel erschienen war, fing er an, mich auf andere Art zu quälen und zu benutzen. Ich mußte für ihn arbeiten. Er hatte für seinen Vater Ausgänge zu besorgen, ich mußte sie für ihn besorgen. Oder er trug mir auf, etwas Schwieriges zu vollführen, zehn Minuten lang auf einem Bein zu hüpfen, einem Vorübergehenden einen Papierwisch an den Rock zu heften. In Träumen vieler Nächte setzte ich diese Plagen fort und lag im Schweiß des Alpdruckes.

Eine Zeitlang wurde ich krank. Ich erbrach oft und hatte leicht kalt, nachts aber lag ich in Schweiß und Hitze. Meine Mutter fühlte, daß etwas nicht richtig sei, und zeigte mir viel Teilnahme, die mich quälte, weil ich sie nicht mit Vertrauen erwidern konnte.

Einmal brachte sie mir am Abend, als ich schon im Bett war, ein Stückchen Schokolade. Es war ein Anklang an frühere Jahre, wo ich abends, wenn ich brav gewesen war, oft zum Einschlafen solche Trostbissen bekommen hatte. Nun stand sie da und hielt mir das Stückchen Schokolade hin. Mir war so weh, daß ich nur den Kopf schütteln konnte. Sie fragte, was mir fehle, sie streichelte mir das Haar. Ich konnte nur herausstoßen: »Nicht! Nicht! Ich will nichts haben.« Sie legte die Schokolade auf den Nachttisch und ging. Als sie mich andern Tages darüber ausfragen wollte, tat ich, als wüßte ich nichts mehr davon. Einmal brachte sie mir den Doktor, der mich untersuchte und mir kalte Waschungen am Morgen verschrieb.

Mein Zustand zu jener Zeit war eine Art von Irrsinn. Mitten im geordneten Frieden unseres Hauses lebte ich scheu und gepeinigt wie ein Gespenst, hatte nicht teil am Leben der andern, vergaß mich selten für eine Stunde. Gegen meinen Vater, der mich oft gereizt zur Rede stellte, war ich verschlossen und kalt.

Mit dem Besuch der Schule begann nun mein menschlich gesellschaftliches Leben. Hier wird das Dasein zuerst zum Bild der Welt im kleinen, hier treten die Gesetze und Maßstäbe des »wirklichen« Lebens in Kraft, hier beginnt Streben und Verzweifeln, Konflikt und Bewußtsein der Person, Ungenügen und Zwiespalt, Kampf und Rücksichtnahme, und der ganze endlose Kreislauf der Tage. Zuerst die Teilung der Zeit in Alltag und Feiertag! Man muß nach Stunden leben und arbeiten, jeder Tag erhält sein Gewicht und seine feste Geltung und löst sich aus der Zeit als ein besonderes Stück heraus. Die Unergründlichkeit der Monate und Jahreszeiten, das Leben aus dem vollen hat ein Ende; Feste, Sonntage, Geburtstage treten nicht mehr als Überraschungen vor uns hin, sondern ihre Zeit und Wiederkehr ist gleich den Stundenzahlen auf der Uhr fest angeschrieben, und wir wissen, wie lange der Zeiger braucht, bis er sie erreicht.

Als Kinder haben wir das so oft erlebt, daß man an irgendeiner Tafel, in irgendeiner Schule oder Kirche sitzt und bis in die Nase und Augen hinauf geladen ist mit mächtiger, wohlbegründeter Lachlust und doch nicht lachen darf und irgendwie damit fertigwerden muß, des Lehrers wegen, der Eltern wegen, der Ordnung und des Gesetzes wegen. Ungern glaubten und gehorchten wir diesen Lehrern, diesen Eltern und waren sehr erstaunt und sind es noch heute, wenn hinter ihren Ordnungen, Religionslehren und Sittenlehren als Autorität jener Jesus stehen sollte, der doch gerade die Kinder seliggesprochen hat. Sollte er wirklich bloß die Musterkinder gemeint haben?

Ich habe das Lebensgefühl meiner Knabenjahre im Grunde stets beibehalten und empfand mein Erwachsensein und Altern immer als eine Art Komödie.

Der Erwachsene, der gelernt hat, einen Teil seiner Gefühle in Gedanken zu verwandeln, vermißt diese Gedanken beim Kinde und meint nun, auch die Erlebnisse seien nicht da.

Ich habe ... vom Erziehen überhaupt niemals sehr viel gehalten, das heißt ich habe stets starke Zweifel daran gehabt, ob der Mensch durch Erziehung überhaupt irgendwie geändert, gebessert werden könne. Statt dessen hatte ich ein gewisses Vertrauen zu der sanften Überzeugungskraft des Schönen, der Kunst, der Dichtung, ich selbst war in meiner Jugend durch sie mehr gebildet und auf die geistige Welt neugierig gemacht worden als durch alle offiziellen oder privaten »Erziehungen«.

Aus meiner Schülerzeit

Zweimal während meiner Schülerjahre habe ich einen Lehrer gehabt, den ich verehren und lieben konnte, dem ich ohne Sträuben die höchste Autorität zugestand und der mich mit einem Augenzwinkern lenken konnte. Der erste hieß Schmid und war Lehrer an der Calwer Lateinschule, ein bei allen andern Schülern sehr unbeliebter, als streng und bitter, übellaunisch und unerbittlich gefürchteter Lehrer. Wichtig wurde er mir dadurch, daß in seiner Klasse (wir Schüler waren zwölfjährig) der Unterricht im Griechischen begann. Wir Schüler einer kleinen halb ländlichen Lateinschule waren an Lehrer gewöhnt, die wir entweder fürchteten und haßten, denen wir auswichen und die wir belogen, oder die wir belächelten und verachteten. Macht besaßen sie, daran war nicht zu zweifeln, eine gewaltige, durch nichts verdiente, oft furchtbar und unmenschlich mißbrauchte Macht – es kam damals noch häufig vor, daß das Aufdichändeschlagen oder Andenohrenreißen bis zum Blutfließen betrieben wurde –, aber diese Lehrermacht war lediglich eine feindliche, gefürchtete und verhaßte. Daß ein Lehrer dadurch Macht besitzen könne, daß er hoch über uns stand, daß er den Geist und die Menschlichkeit vertrat, daß er uns Ahnungen einer höhern Welt in die Seelen senkte, das hatten wir bei all unsern Lehrern in den unteren Klassen der Lateinschule noch nicht erlebt. Wir hatten einige gutmütige Lehrer kennengelernt, die sich selber und uns die langweilige Schule dadurch erleichterten, daß sie fünfe grade sein ließen und durchs Fenster spazierenblickten oder Romane lasen, während wir irgendeine schriftliche Aufgabe voneinander abschrieben. Wir hatten auch böse, finstere, wütende, tobsüchtige Lehrer kennengelernt, von welchen wir an den Haaren gerissen und auf den Kopf geschlagen wurden – (einer davon, ein besonders ausgewachsener Wüterich, pflegte seine Strafreden an schlechte Schüler dadurch zu begleiten, daß er seinen schweren Hausschlüssel im Takt auf den Kopf des Schülers schlug). Daß es auch Lehrer geben könne, welchen der Schüler bezaubert und gerne folgt, für die er gern sich anstrengt, denen er sogar Ungerechtigkeit und Launen zugute hält, denen er für die Erschließung der höhern Welt dankbar ist und Dank abzutragen trachtet – diese Möglichkeit war uns bisher unbekannt geblieben.

Und nun kam ich zu Professor Schmid in die vierte Klasse. Von den etwa fünfundzwanzig Schülern dieser Klasse hatten sich unser fünf für die humanistischen Studien entschieden, sie hießen

»Humanisten« oder »Griechen«, und während die übrige Klasse profane Lektionen, wie Zeichnen, Naturkunde und dergleichen betrieb, wurden wir fünf von Professor Schmid ins Griechische eingeführt. Der Professor war keineswegs beliebt; er war ein kränklicher, bleich, besorgt und bitter blickender Mann, glatt rasiert, mit dunklem Haar, meist ernst und streng gestimmt, und wenn er einmal witzig war, so war sein Ton sarkastisch. Was mich eigentlich, entgegen dem allgemeinen Urteil der Klasse, für ihn gewann, weiß ich nicht. Vielleicht war es der Eindruck seines Unglücks. Er war kränklich und sah leidend aus, hatte eine kranke, zarte Frau, die beinahe niemals sichtbar wurde, und lebte im übrigen, wie alle unsre Lehrer, in einer schäbigen Armut. Irgendwelche Umstände, wahrscheinlich die Krankheit seiner Frau, hinderten ihn daran, gleich den andern Lehrern sein schmales Einkommen durch das Aufnehmen von Pensionären zu verbessern, und dieser Umstand gab ihm schon einen gewissen Anstrich von Vornehmheit den anderen Lehrern gegenüber. Dazu kam nun das Griechische. Wir fünf Auserwählten unter den Mitschülern kamen uns immerhin wie eine geistige Aristokratie vor, unser Ziel waren die höheren Studien, während die Mitschüler zu Handwerkern oder Kaufleuten bestimmt waren –

und nun begannen wir also die geheimnisvolle, alte Sprache zu lernen, noch viel älter, geheimnisvoller und vornehmer als das Latein, diese Sprache, welche man nicht lernte, um Geld zu verdienen oder um die Welt reisen zu können, sondern nur um mit Sokrates, Plato und Homer bekannt zu werden. ...

Leicht machte uns dieser Herr Schmid unser Schuljahr keineswegs. Er machte es uns sogar reichlich schwer, oft unnötig schwer. Er verlangte viel, wenigstens von uns »Humanisten«, und war nicht bloß streng und oft hart, sondern häufig auch sehr launisch; er konnte Anfälle von Jähzorn haben und wurde dann von uns allen, mich einbegriffen, richtig gefürchtet, so wie die junge Fischbrut in einem Weiher den jagenden Hecht fürchten mag. Nun, das hatte ich schon bei anderen Lehrern kennengelernt. Bei Schmid erlebte ich etwas Neues. Ich erlebte neben der Furcht die Ehrfucht, die erfuhr, daß man einen Menschen lieben und verehren kann, auch wenn man ihn gerade zum Gegner hat, auch wenn er launisch, ungerecht und furchtbar ist. Manchmal, wenn er seine finsteren Stunden hatte und aus dem hageren Gesicht unter den langen schwarzen Haaren hervor so leidend, schwer und böse blickte, mußte ich an den König Saul und seine Verfinsterungen denken. Aber dann genas er wieder, glättete sein Gesicht, malte griechische Buchstaben an die Wandtafel und sagte über die griechische Grammatik und Sprache Dinge, von denen ich fühlte, daß sie mehr als Schulmeisterkram waren. Ich verliebte mich sehr in das Griechische, obschon ich mich vor den Griechischstunden fürchtete, und manche griechische Buchstaben wie das Ypsilon, das Psi, das Omega malte ich zuweilen ganz gebannt und besessen wie magische Zeichen in mein Heft. ... Zweimal ging er mit mir spazieren, wandelte mit mir ins Freie, ohne Grammatik, ohne Griechisch, und auf diesen beiden kurzen Spaziergängen war er lieb und freundlich mit mir, ohne Sarkasmen, ohne Zornanfälle, fragte nach meinen Liebhabereien, nach meinen Zukunftsträumen, und von da an habe ich ihn geliebt, obwohl er, sobald ich wieder in seiner Schule saß, die Spaziergänge ganz und gar vergessen zu haben schien. ...

Nicht lange nachdem ich die Jahresklasse absolviert hatte, deren Ordinarius Schmid war, verließ ich die Heimat und die heimatliche Schule und wurde zum erstenmal in die Fremde gebracht. Es geschah dies zum Teil aus erzieherischen Gründen, denn ich war damals ein schwieriger und sehr unartiger Sohn geworden, und die Eltern wurden nicht mehr fertig mit mir. Außerdem aber war es notwendig, daß ich möglichst gut auf das »Landexamen« vorbereitet werde. Diese staatliche Prüfung, die jedes Jahr im Sommer für das ganze Land Württemberg stattfand, war sehr wichtig, denn wer sie bestand, der bekam eine Freistelle in einem der theologischen »Seminare«, und konnte als Stipendiat studieren. Diese Laufbahn war auch für mich vorgesehen. Nun gab es einige Schulen im Lande, an denen die Vorbereitung auf diese Prüfung ganz speziell betrieben wurde, und auf eine von diesen Schulen wurde ich also geschickt. Es war die Lateinschule in Göppingen, wo seit Jahren der alte Rektor Bauer als Einpauker fürs Landexamen wirkte, im ganzen Lande berühmt und Jahr für Jahr von einem Rudel strebsamer Schüler umgeben, die ihm aus allen Landesteilen zugesandt wurden.

Der Rektor Bauer hatte in früheren Jahren im Ruf eines rauhen Prügelpädagogen gestanden; ein älterer Verwandter von mir war vor manchen Jahren sein Schüler gewesen und hart von ihm gepeinigt worden. Jetzt war er ein alter Mann und galt für ein wunderliches Original, dazu für einen Lehrer, der sehr viel von seinen Schülern verlangte, aber auch nett mit ihnen sein könne. Immerhin hatte ich keine kleine Furcht vor ihm, als ich an der Hand meiner Mutter, nach dem ersten schmerzlichen Abschied vom Vaterhaus, vor dem Studierzimmer des berühmten Rektors wartete. Ich glaube, meine Mutter war zunächst gar nicht von ihm entzückt, als er uns entgegentrat und uns in seine Klause eintreten ließ, ein gebeugter alter Mann mit wirren grauen Haaren, etwas vorstehenden rotgeäderten Augen, gekleidet in ein grünlich verschossenes, unbeschreibliches Gewand von großväterlichem Schnitt, eine Brille tief unten auf der Nasenspitze tragend und in der rechten Hand eine lange, beinahe bis zum Boden reichende Tabakspfeife mit großem Porzellankopf haltend, aus der er ununterbrochen gewaltige Rauchwolken emporzog und in die verräucherte Stube blies. Auch in den Schulstunden trennte er sich nicht von dieser Pfeife. Mir erschien dieser wunderliche alte Mann mit seiner gebückten, vernachlässigten Haltung, seiner alten verwahrlosten Kleidung, seinem traurig grüblerischen Blick, seinen zertretenen Pantoffeln, seiner langen, qualmenden Pfeife wie ein alter Zauberer, in dessen Obhut ich jetzt übergeben würde. Es konnte vielleicht schrecklich sein bei diesem grauen, verstaubten und weltfremden Greis, es konnte möglicherweise auch reizvoll und entzükkend sein – auf jeden Fall war es etwas Besonderes, war ein Abenteuer, war ein Erlebnis. Ich war bereit und begierig, ihm entgegenzugehen. …

Jenes Verhältnis zwischen Lehrer und Schüler,

von dem ich in Calw bei Professor Schmid eine Ahnung bekommen hatte, jene so unendlich fruchtbare, dabei so subtile Beziehung zwischen einem geistigen Führer und einem begabten Kinde, kam zwischen Rektor Bauer und mir zur vollen Blüte. Der sonderbare, beinah abschreckend aussehende, mit zahllosen Originalitäten und Schrulligkeiten ausgestattete alte Mann, der hinter seinen schmalen grünlichen Augengläsern hervor so lauernd und schwermütig blickte, der unsre enge, überfüllte Schulstube beständig aus seiner langen Pfeife vollrauchte, wurde mir für einige Zeit zum Führer, zum Vorbild, zum Richter, zum verehrten Halbgott. Wir hatten neben ihm noch zwei andere Lehrer, aber die waren für mich wie nicht vorhanden; sie verschwanden, als hätten sie eine Dimension weniger, hinter der geliebten, gefürchteten, verehrten Gestalt des alten Bauer wie Schatten.... In jener Zeit, während doch mein Knabenalter in voller Blüte stand und sogar schon die ersten Ahnungen und Vorgefühle der Geschlechtsliebe sich regten, war in der Tat mehr als ein Jahr lang die Schule, diese sonst so gleichgültige, verachtete Anstalt, der Mittelpunkt meines Lebens, um den sich alles drehte, sogar die Träume, sogar die Gedanken in den Ferienzeiten. Ich, der ich stets ein empfindlicher und auch kritischer Schüler gewesen war und mich gegen jede Abhängigkeit und Untertanenschaft bis aufs Blut zu wehren pflegte, war von diesem geheimnisvollen Alten eingefangen und völlig bezaubert worden, einfach dadurch, daß er an die höchsten Strebungen und Ideale in mir appellierte, daß er meine Unreife, meine Unarten, meine Minderwertigkeiten scheinbar gar nicht sah, daß er das Höchste in mir voraussetzte und die höchste Leistung als selbstverständlich betrachtete. Er brauchte nicht viel Worte, um ein Lob auszusprechen. Wenn er zu einer lateinischen oder griechischen Arbeit sagte: »Das hast du ganz nett gemacht, Hesse«, dann war ich für Tage glücklich und befeuert. Und wenn er einmal, nur so im Vorbeigehen, ohne mich dabei anzublicken, mir zuflüsterte: »Ich bin nicht recht mit dir zufrieden, du könntest mehr leisten«, dann litt ich und gab mir wilde Mühe, den Halbgott wieder zu versöhnen. Oft sprach er lateinisch mit mir, meinen Namen übersetzte er mit Chattus.

Ich kann nun durchaus nicht sagen, wieweit dies Erlebnis einer ganz besonderen Beziehung von meinen Mitschülern geteilt wurde. Einige Bevorzugte allerdings, meine nächsten Kameraden und Rivalen, standen sichtlich ebenso wie ich im Bann des alten Seelenfängers und empfingen in jener Zeit ebenso wie ich die Weihe der Berufung, fühlten sich als Initianten auf den untersten Stufen eines Heiligtums. Wenn ich es versuche, meine eigene Jugend psychologisch verstehen zu wollen, so finde ich, daß das Beste und Wirksamste in ihr, trotz mancher Rebellion und auch mancher Fahnenflucht, eine Fähigkeit zur Ehrfurcht war, und daß meine Seele am besten gedieh und am schönsten blühte, wenn sie verehren, anbeten, zu hohen Zielen streben durfte. Dies Glück, dessen erste Anfänge schon mein Vater verstanden und gepflegt hatte, das unter einer Reihe von unbegabten, durchschnittlichen, gleichgültigen Lehrern nahe am Verwelken gewesen, das unter dem galligen Professor Schmid wieder ein wenig aufgeblüht war, kam unter Rektor Bauer zur vollen Entfaltung, zum ersten- und zum letztenmal in meinem Leben.

Hätte unser Rektor nun nichts anderes gekonnt als einzelne idealere Schüler ins Latein und ins Griechische verliebt zu machen und ihnen den Glauben an eine geistige Berufung und deren Verantwortung einzuflößen, so wäre schon dies etwas Großes und Dankenswertes gewesen. Das Eigene und Seltene an diesem Lehrer aber war seine Fähigkeit, nicht bloß die Geistigeren unter seinen Schülern herauszuspüren und ihrem Idealismus Nahrung und Halt zu geben, sondern auch dem Alter seiner Schüler, ihrer

Knabenhaftigkeit, ihrer Spielsucht gerecht zu werden. Denn Bauer war nicht bloß eine verehrter Sokrates, er war außerdem auch ein geschickter und höchst origineller Schulmeister, der es verstand, seinen dreizehnjährigen Buben die Schule immer wieder schmackhaft zu machen. Dieser Weise, der uns die lateinische Syntax und die griechische Formenlehre so geistreich beizubringen wußte, hatte außerdem beständig pädagogische Einfälle, die uns Knaben entzückten. Man muß eine Ahnung von der Strenge, Steifheit und Langeweile einer damaligen Lateinschule haben, um sich vorstellen zu können, wie frisch, originell und genial dieser Mann inmitten einer Kaste von dürren Beamten wirkte. Schon sein Äußeres, seine phantastische Erscheinung, die anfänglich Kritik und Lachlust weckte, wurde bald zum Mittel der Autorität und Disziplin. Aus seinen Eigenheiten und Liebhabereien, die an sich keineswegs geeignet schienen, seine Autorität zu stützen, machte er neue Hilfsmittel der Erziehung. So war zum Beispiel eine lange Tabakspfeife, über die meine Mutter sich entsetzt hatte, für uns Schüler schon nach kürzester Zeit kein lächerliches oder lästiges Attribut mehr, sondern eine Art Zepter und Machtsymbol. Wer ihm die Pfeife einen Augenblick halten durfte, wen er mit dem Amt betraute, sie auszuklopfen und in Ordnung zu halten, der war ein beneideter Günstling. Es gab noch andere Ehrenämter, um die wir Schüler uns eifrig bewarben. Es existierte das Amt eines »Windbeutels«, das ich einige Zeit hindurch mit Stolz bekleidete. Der Windbeutel hatte täglich das Pult des Rektors abzustauben, und zwar mit zwei Hasenfüßen, die zuoberst auf dem Pulte lagen. Als mir dies Amt eines Tages wieder entzogen und einem anderen Schüler übertragen wurde, war es eine schwere Strafe für mich.

An einem Wintertag, wenn wir im überheizten und vollgerauchten Schulraum saßen und draußen vor den gefrorenen Fenstern die Sonne schien, konnte unser Rektor plötzlich sagen: »Buben, hier drinnen stinkt es erbärmlich, und draußen scheint die Sonne. Machet einen Wettlauf ums Haus herum, und reißet vorher die Fenster auf!« Oder er lud in Zeiten, wo wir Landexamens-Kandidaten sehr mit Extraarbeiten überhäuft waren, uns unvermutet ein, nach oben in seine Wohnung zu kommen, und dort fanden wir in einem besonderen Zimmer einen riesigen Tisch und darauf viele Schachteln voll Zinnsoldaten stehen, die wir nun zu Heeren und Schlachtreihen aufbauten, und wenn die Schlacht losging, blies der Rektor aus seiner Pfeife feierliche Rauchwolken zwischen die Bataillone.

Echte Bildung ist nicht Bildung zu irgendeinem Zwecke, sondern sie hat, wie jedes Streben nach dem Vollkommenen, ihren Sinn in sich selbst. So wie das Streben nach körperlicher Kraft, Gewandtheit und Schönheit nicht irgendeinen Endzweck hat, etwa den, uns reich, berühmt und mächtig zu machen, sondern seinen Lohn in sich selbst trägt, indem es unser Lebensgefühl und unser Selbstvertrauen steigert, indem es uns froher und glücklicher macht und uns ein höheres Gefühl von Sicherheit und Gesundheit gibt, ebenso ist auch das Streben nach »Bildung«, das heißt nach geistiger und seelischer Vervollkommnung, nicht ein mühsamer Weg zu irgendwelchen begrenzten Zielen, sondern ein beglückendes und stärkendes Erweitern unsres Bewußtseins, eine Bereicherung unsrer Lebens- und Glücksmöglichkeiten. Darum ist echte Bildung, ebenso wie echte Körperkultur, Erfüllung und Antrieb zugleich, ist überall am Ziele und bleibt doch nirgends rasten, ist ein Unterwegssein im Unendlichen, ein Mitschwingen im Universum, ein Mitleben im Zeitlosen. Ihr Ziel ist nicht Steigerung einzelner Fähigkeiten und Leistungen, sondern sie hilft uns, unsrem Leben einen Sinn zu geben, die Vergangenheit zu deuten, der Zukunft in furchtloser Bereitschaft offenzustehen.

Von den Wegen, die zu solcher Bildung führen, ist einer der wichtigsten das Studium der Weltliteratur, das allmähliche Sichvertrautmachen mit dem ungeheuren Schatz von Gedanken, Erfahrungen, Symbolen, Phantasien und Wunschbildern, den die Vergangenheit uns in den Werken der Dichter und Denker vieler Völker hinterlassen hat. Dieser Weg ist endlos, niemand kann ihn jemals zu Ende gehen, niemand könnte jemals die gesamte Literatur auch nur eines einzigen großen Kulturvolkes durchstudieren und kennenlernen, geschweige denn die der ganzen Menschheit. Dafür ist aber jedes verstehende Eindringen in ein Denker- oder Dichterwerk von hohem Rang eine Erfüllung, ein beglückendes Erlebnis – nicht an totem Wissen, sondern an lebendigem Bewußtsein und Verständnis. Nicht darauf soll es uns ankommen, möglichst viel gelesen zu haben und zu kennen, sondern in einer freien, persönlichen Auswahl von Meisterwerken, denen wir uns in Feierstunden ganz hingeben, eine Ahnung zu bekommen von der Weite und Fülle des von Menschen Gedachten und Erstrebten, und zur Gesamtheit selbst, zum Leben und Herzschlag der Menschheit, in ein belebendes, mitschwingendes Verhältnis zu kommen.

Dies ist schließlich der Sinn alles Lebens, soweit es nicht bloß der nackten Notdurft dient. Keineswegs etwa »zerstreuen« soll uns das Lesen, sondern vielmehr sammeln, nicht über ein sinnloses Leben uns wegtäuschen und mit einem Scheintrost betäuben, sondern unserm Leben im Gegenteil einen immer höheren, immer volleren Sinn geben helfen.

Jugend hat es schwer, sie ist voll von Kräften und stößt aller Enden an Regeln und Konventionen. Der Sohn haßt nichts so sehr als die Regeln und Konventionen, in denen er den Vater befangen sieht. Ein Faustschlag ins Gesicht der Pietät gehört zu den Taten, ohne welche man nicht von der Schürze der Mutter loskommt. Und da nun die junge Generation eine ganze jahrzehntealte bürgerliche Welt hinabsinken fühlt, unter deren kleinlicher Rute sie aufwuchs, frohlockt sie mit Recht ... Wer die Einseitigkeit und kühne Umstürzlerei ... nicht ertragen kann, wer Jugend lieber weise, lieber gütig, lieber allverstehend sähe als fanatisch und puritanisch, der lehne sie ab. Es wird sein eigener Schade sein.

Im Grunde lautet die brennende Frage ja so: Sollen wir der Jugend möglichst viel Tradition, Halt und Norm mitgeben, oder sollen wir sie möglichst frei lassen, möglichst zu Elastizität und Anpassungsfähigkeit erziehen? Da die Welt, in die diese Jugend hineinwächst, keine moralische und seelische Ordnung mehr hat, helfen wir im ersten Fall der Jugend zwar, anständig zu bleiben und im Notfall anständig unterzugehen, berauben sie aber der Möglichkeit, in dieser amoralischen, rein dynamischen Welt mitzutun und Erfolg zu haben.

Theoretisch also wäre die Erziehung zu Norm und Orthodoxie das einzig Erlaubte. Wieweit wir die Bindungen trotzdem lockern wollen, muß allein unsere Liebe entscheiden. Wir dürfen es nur vorsichtig tun, und auch im besten Fall könnten wir nicht verhüten, daß die Jugend allzu früh vor moralische Entscheidungen gestellt und der Kindheit beraubt wird.

Das erste Abenteuer

Ich war achtzehnjährig und am Ende meiner Lehrzeit in der Maschinenschlosserei. Seit kurzem hatte ich eingesehen, daß ich es in dem Fache doch nicht weit bringen würde, und war entschlossen, wieder einmal umzusatteln. Bis sich eine Gelegenheit böte, dies meinem Vater zu eröffnen, blieb ich noch im Betrieb und tat die Arbeit halb verdrossen, halb fröhlich wie einer, der schon gekündigt hat und alle Landstraßen auf sich warten weiß.

Wir hatten damals einen Volontär in der Werkstatt, dessen hervorragendste Eigenschaft darin bestand, daß er mit einer reichen Dame im Nachbarstädtchen verwandt war. Diese Dame, eine junge Fabrikantenwitwe, wohnte in einer kleinen Villa, hatte einen eleganten Wagen und ein Reitpferd und galt für hochmütig und exzentrisch, weil sie nicht an den Kaffeekränzchen teilnahm und statt dessen ritt, angelte, Tulpen züchtete und Bernhardiner hielt. Man sprach von ihr mit Neid und Erbitterung, namentlich seit man wußte, daß sie in Stuttgart und München, wohin sie häufig reiste, sehr gesellig sein konnte.

Dieses Wunder war, seit ihr Neffe oder Vetter bei uns volontierte, schon dreimal in der Werkstatt gewesen, hatte ihren Verwandten begrüßt und sich unsere Maschinen zeigen lassen. Es hatte jedesmal prächtig ausgesehen und großen Eindruck auf mich gemacht, wenn sie in feiner Toilette mit neugierigen Augen und drolligen Fragen durch den rußigen Raum gegangen war, eine große hellblonde Frau mit einem Gesicht so frisch und naiv wie ein kleines Mädchen. Wir standen in unseren öligen Schlosserblusen und mit unseren schwarzen Händen und Gesichtern da und hatten das Gefühl, eine Prinzessin habe uns besucht. Zu unseren sozialdemokratischen Ansichten paßte das nicht, was wir nachher jedesmal einsahen.

Da kommt eines Tags der Volontär in der Vesperpause auf mich zu und sagt: »Willst du am Sonntag mit zu meiner Tante kommen? Sie hat dich eingeladen.«

»Eingeladen? Du, mach keine dummen Witze mit mir, sonst steck' ich dir die Nase in den Löschtrog.« Aber es war Ernst. Sie hatte mich eingeladen auf Sonntagabend. Mit dem Zehnuhrzug konnten wir heimkehren, und wenn wir länger bleiben wollten, würde sie uns vielleicht den Wagen mitgeben.

Mit der Besitzerin eines Luxuswagens, der Herrin eines Dieners, zweier Mägde, eines Kutschers und eines Gärtners Verkehr zu haben, war nach meiner damaligen Weltanschauung einfach ruchlos. Aber das fiel mir erst ein, als ich schon längst mit Eifer zugesagt und gefragt hatte, ob mein gelber Sonntagsanzug gut genug sei.

Bis zum Samstag lief ich in einer heillosen Aufregung und Freude herum. Dann kam die Angst über mich. Was sollte ich dort sagen, wie mich benehmen, wie mit ihr reden? Mein Anzug, auf den ich immer stolz gewesen war, hatte auf einmal so viele Falten und Flecken, und meine Krägen hatten alle Fransen am Rand. Außerdem war mein Hut alt und schäbig, und alles das konnte durch meine drei Glanzstücke – ein Paar nadelspitze Halbschuhe, eine leuchtend rote, halbseidene Krawatte und einen Zwicker mit Nickelrändern – nicht aufgewogen werden.

Am Sonntagabend ging ich mit dem Volontär zu Fuß nach Settlingen, krank vor Aufregung und Verlegenheit. Die Villa ward sichtbar, wir standen an einem Gitter vor ausländischen Kiefern und Zypressen, Hundegebell vermischte sich mit dem Ton der Torglocke. Ein Diener ließ uns ein, sprach kein Wort und behandelte uns geringschätzig, kaum daß er geruhte, mich vor den großen Bernhardinern zu schützen, die mir an die Hosen wollten. Ängstlich sah ich meine Hände an, die seit Monaten nicht so peinlich sauber gewesen waren. Ich hatte sie am Abend vorher eine halbe Stunde lang mit Petroleum und Schmierseife gewaschen.

In einem einfachen, hellblauen Sommerkleid empfing uns die Dame im Salon. Sie gab uns beiden die Hand und hieß uns Platz nehmen, das Abendessen sei gleich bereit.

»Sind Sie kurzsichtig?« fragte sie mich.

»Ein klein wenig.«

»Der Zwicker steht Ihnen gar nicht, wissen Sie.« Ich nahm ihn ab, steckte ihn ein und machte ein trotziges Gesicht.

»Und Sozi sind Sie auch?« fragte sie weiter.

»Sie meinen Sozialdemokrat? Ja, gewiß.«

»Warum eigentlich?«

»Aus Überzeugung.«

»Ach so. Aber die Krawatte ist wirklich nett. Na, wir wollen essen. Ihr habt doch Hunger mitgebracht?«

Im Nebenzimmer waren drei Couverts aufgelegt. Mit Ausnahme der dreierlei Gläser gab es wider mein Erwarten nichts, was mich in Verlegenheit brachte. Eine Hirnsuppe, ein Lendenbraten, Gemüse, Salat und Kuchen, das waren lauter Dinge, die ich zu essen verstand, ohne mich zu blamieren. Und die Weine schenkte die Hausfrau selber ein. Während der Mahlzeit sprach sie fast nur mit dem Volontär, und da die guten Speisen samt dem Wein mir angenehm zu tun gaben, wurde mir bald wohl und leidlich sicher zumute.

Nach der Mahlzeit wurden uns die Weingläser in den Salon gebracht, und als mir eine feine Zigarre geboten und zu meinem Erstaunen an einer rot und goldenen Kerze angezündet war, stieg mein Wohlsein bis zur Behaglichkeit. Nun wagte ich auch die Dame anzusehen, und sie war so fein und schön, daß ich mich mit Stolz in die seligen Gefilde der noblen Welt versetzt fühlte, von der ich aus einigen Romanen und Feuilletons eine sehnsüchtig vage Vorstellung gewonnen hatte.

Wir kamen in ein ganz lebhaftes Gespräch, und ich wurde so kühn, daß ich über Madames vorige Bemerkungen, die Sozialdemokratie und die rote Krawatte betreffend, zu scherzen wagte. »Sie haben ganz recht«, sagte sie lächelnd. »Bleiben Sie nur bei Ihrer Überzeugung. Aber Ihre Krawatte sollten Sie weniger schief binden. Sehen Sie, so –«

Sie stand vor mir und bückte sich über mich, faßte meine Krawatte mit beiden Händen und rückte an ihr herum. Dabei fühlte ich plötzlich mit heftigem Erschrecken, wie sie zwei Finger durch meine Hemdspalte schob und mir leise die Brust betastete. Und als ich entsetzt aufblickte, drückte sie nochmals mit den beiden Fingern und sah mir dabei starr in die Augen.

O Donnerwetter, dachte ich, und bekam Herzklopfen, während sie zurücktrat und so tat, als betrachte sie die Krawatte. Statt dessen aber sah sie mich wieder an, ernst und voll, und nickte langsam ein paarmal mit dem Kopf.

»Du könntest droben im Eckzimmer den Spielkasten holen«, sagte sie zu ihrem Neffen, der in einer Zeitschrift blätterte. »Ja, sei so gut.«

Er ging und sie kam auf mich zu, langsam, mit großen Augen. »Ach du!« sagte sie leise und weich. »Du bist lieb.«

Dabei näherte sie mir ihr Gesicht, und unsre Lippen kamen zusammen, lautlos und brennend, und wieder, und noch einmal. Ich umschlang sie und drückte sie an mich, die große schöne Dame, so stark, daß es ihr weh tun mußte. Aber sie suchte nur nochmals meinen Mund, und während sie küßte, wurden ihre Augen feucht und mädchenhaft schimmernd.

Der Volontär kam mit den Spielen zurück, wir setzten uns und würfelten alle drei um Pralinés. Sie sprach wieder lebhaft und scherzte bei jedem Wurf, aber ich brachte kein Wort heraus und hatte Mühe mit dem Atmen. Manchmal kam unter dem Tisch ihre Hand und spielte mit meiner oder lag auf meinem Knie.

Gegen zehn Uhr erklärte der Volontär, es sei Zeit für uns zu gehen.

»Wollen Sie auch schon fort?« fragte sie mich und sah mich an. Ich hatte keine Erfahrung in Liebessachen und stotterte, ja es sei wohl Zeit, und stand auf.

»Na, denn!« rief sie, und der Volontär brach auf. Ich folgte ihm zur Tür, aber eben als er über die Schwelle war, riß sie mich am Arm zurück und zog mich noch einmal an sich. Und im Hinausgehen flüsterte sie mir zu: »Sei gescheit, du, sei gescheit!« Auch das verstand ich nicht.

Wir nahmen Abschied und rannten auf die Station. Wir nahmen Billette, und der Volontär stieg ein. Aber ich konnte jetzt keine Gesellschaft brauchen. Ich stieg nur auf die erste Stufe, und als der Zugführer pfiff, sprang ich wieder ab und blieb zurück. Es war schon finstere Nacht.

Betäubt und traurig lief ich die lange Landstraße heim, an ihrem Garten und an dem Gitter vorbei wie ein Dieb. Eine vornehme Dame hatte mich lieb! Zauberländer taten sich vor mir auf, und als ich zufällig in meiner Tasche den Nickelzwicker fand, warf ich ihn in den Straßengraben.

Am nächsten Sonntag war der Volontär wieder eingeladen zum Mittagessen, aber ich nicht. Und sie kam auch nicht mehr in die Werkstatt.

Ein Vierteljahr lang ging ich noch oft nach Settlingen hinüber, sonntags oder spät abends, und horchte am Gitter und ging um den Garten herum, hörte die Bernhardiner bellen und den Wind durch die ausländischen Bäume gehen, sah Licht in den Zimmern und dachte: Vielleicht sieht sie mich einmal; sie hat mich ja lieb. Einmal hörte ich im Haus Klaviermusik, weich und wiegend, und lag an der Mauer und weinte.

Aber nie mehr hat der Diener mich hinaufgeführt und vor den Hunden beschützt, und nie mehr hat ihre Hand die meine und ihr Mund den meinen berührt. Nur im Traum geschah mir das noch einigemal, im Traum. Und im Spätherbst gab ich die Schlosserei auf und legte die blaue Bluse für immer ab und fuhr weit fort in eine andere Stadt.

Wandlung

Da ich ein Jüngling war,
Da meine ersten schüchternen Gänge
In das ersehnte Land der Liebe
Alle mich trostlos und elend wiederbrachten
In den unverstandenen grellen Tag,
Da war es mir einziger Trost,
Tief im Leid mit vollen Händen zu wühlen,
Selbstzerstörend mit wollüstiger Bitterkeit
Jede holde Farbe in Schwarz zu wandeln,
Wild auf brechenden Saiten
Hinzustürmen meiner Entbehrung Qual.
Und am Abend floh ich das Licht,
Floh die geselligen Gärten, um einsam
Tief im Schatten der Buchen hinabwärts
Am unwegsamen Ufer zu schleichen
Dunkel treibenden Wellen nach,
Sehnsucht nach Tod im glühenden Herzen.
Heute aber, da mir ein karger Tag
Ungefühlt in lose Stunden zerrinnt,
Da meine verschüttete Seele
Tief empor aus Trümmern voreilig gebauter
Lebensschlösser den Weg zur Hoffnung verlor,
Da mir der Jugend trübste, unseligste Stunde
Noch wie ein Goldschatz aus ferner Tiefe lacht,

Heut hab ich die finsteren Wege
Schwelgerisch hingeflossener Schwermut,
Süßer Klage verlassen.
Abends, wenn mir die stille Stunde kommt,
Zünde ich hell meine Ampel an,
Daß vor dem Fenster die feindliche Nacht
versinke.
Zärtlich spann ich die goldensten Saiten,
Die mir geblieben, und gehe
Im bedächtigen Spiel jeder lieblichen Form,
Jeder heiter tröstenden Schönheit nach.
Fern ist der Tod und ferne das Leid meinen
Träumen,
Sorgsam leit ich sie, daß ihr verwirrtes Gerank
Nichts als Licht und Trost und glückliche
Bilder zeige:
Selige Gärten, Menschen voll kindlicher Lust,
Inniger Liebesgenuß und blumengeschmückte
Feste,
Reine erhabene Frauen, Männer voll gütiger
Glut,
Dies erschaff ich mir träumend und suche,
Was von zertrümmerten Schätzen mir blieb,
Neu in Wohllaut zu schönen Gebilden zu
sammeln.

Einsam so in friedlichen Stunden spielt
Meine Sehnsucht ihr Spiel,
Sieh, und oft vermag ich wunschlos zu lachen,
Überlistend des Lebens sinnlose Grausamkeit
Durch mein sinnvoll träumendes Spiel.
Und das herrlichste Mädchenbild,
Dem ich in heißem Begehren einst,
Trübem Entsagen den Glanz meiner Jugend geopfert,
Wandelt (sie, die längst sich
Weit im Grau alltäglichen Lebens verlor)
Leuchtend, schöner als einst,
Fleckenlos wie eine Blüte des Frühlings,
Über den liebevoll hingebreiteten Teppich
Meiner wohllautenden Träume.
Wie sie schreitet und ganz zur Göttin ward,
Sinkt meines Lebens Elend ferne dahin
Und es wird meiner Tage
Heimlicher Sinn, der Geliebten
Widerhall und adelnder Spiegel zu sein.
So von frühster Jugend herauf
Bau ich, wenn meine Stunde kommt,
All meiner Jahre Gedächtnis zum Tempel
Einer Liebe, die kein Begehren mehr,
Keine Enttäuschung kennt.

Die Jugend hat es schwer, nicht nur von außen her, sondern das Problem der Freiheit, und damit das der Persönlichkeit, ist für sie fast unlösbar geworden, und zwar gerade durch ein scheinbares Mehr an Freiheit, das die heutigen Jungen haben. Es galten für uns in den Jahren unsrer eigenen Jugend, obwohl auch wir schon in vielem kritisch und revolutionär waren, noch eine Menge von geschriebenen und ungeschriebenen Gesetzen, die wir, einerlei ob gern oder ungern, hinnahmen und einhielten, während heute beinahe jeder Rest einer bindenden Allgemein-Moral vollends verschwunden ist. Aber die Freiheit von Konventionen ist nicht gleichbedeutend mit der inneren Freiheit, und für edlere Menschen ist das Leben in einer Welt ohne fest formulierten Glauben nicht leichter, sondern sehr viel schwerer, weil sie sich alle Bindungen, unter die sie ihr Leben stellen sollen, eigentlich erst selbst schaffen und wählen müssen.

Es ist immer schwer, geboren zu werden. ... der Vogel hat Mühe, aus dem Ei zu kommen. ... man muß seinen Traum finden, dann wird der Weg leicht.

Aber es gibt keinen immerwährenden Traum, jeden löst ein neuer ab, und keinen darf man festhalten wollen.

Die Not der Jugend ... hört mit der Jugend nicht auf, geht sie aber doch am meisten an. Es ist der Kampf um die Individualisierung, um das Entstehen einer Persönlichkeit.

Nicht jedem Menschen ist es gegeben, eine Persönlichkeit zu werden, die meisten bleiben Exemplare und kennen die Nöte der Individualisierung gar nicht. Wer sie aber kennt und erlebt, der erfährt auch unfehlbar, daß diese Kämpfe ihm mit dem Durchschnitt, dem normalen Leben, dem Hergebrachten und Bürgerlichen in Konflikt bringen. Aus den zwei entgegengesetzten Kräften, dem Drang nach einem persönlichen Leben und der Forderung der Umwelt nach Anpassung, entsteht die Persönlichkeit. Keine entsteht ohne revolutionäre Erlebnisse, aber der Grad ist natürlich bei allen Menschen verschieden, wie auch die Fähigkeit, ein wirklich persönliches und einmaliges Leben (also kein Durchschnittsleben) zu führen ...

Der werdende junge Mensch, wenn er den Drang zu starker Individualisierung hat, wenn er vom

Durchschnitts- und Allerwelts-Typ stark abweicht, kommt notwendig in Lagen, die den Anschein des Verrückten haben ... Es gilt nun nicht, seine »Verrücktheiten« der Welt aufzuzwingen und die Welt zu revolutionieren, sondern es gilt, sich für die Ideale und Träume der eigenen Seele gegen die Welt so viel zu wehren, daß sie nicht verdorren. Die dunkle Innenwelt, wo diese Träume zu Hause sind, ist beständig bedroht, sie wird von den Kameraden verspottet, von den Erziehern gemieden, sie ist kein fester Zustand, sondern ein beständiges Werden.

Unsre Zeit macht es da den Feineren in der Jugend besonders schwer. Es besteht überall das Streben, die Menschen gleichförmig zu machen und ihr Persönliches möglichst zu beschneiden. Dagegen wehrt sich unsre Seele, mit Recht.

Ein Lebensweg mag von gewissen Situationen aus noch so sehr determiniert erscheinen, er trägt doch stets alle Lebens- und Wandlungsmöglichkeiten in sich, deren der Mensch selbst irgend fähig ist. Und die sind desto größer, je mehr Kindheit, Dankbarkeit, Liebefähigkeit wir haben.

Mit der Selbstbeschränkung des Berufes und des Mannesalters muß man seine Jugend nicht begraben.

»Jugend« ist das in uns, was Kind bleibt, und je mehr dessen ist, desto reicher können wir auch im kühlbewußten Leben sein.

Welchen Beruf ein junger Mann auch wähle, und wie seine Auffassung vom Beruf und sein Eifer für ihn auch sei – immer tritt er damit in eine organisierte, erstarrte Welt aus dem blühenden Chaos des Jugendtraumes, und immer wird er enttäuscht sein. Diese Enttäuschung mag an sich kein Schade sein, Ernüchterung kann auch Sieg bedeuten. Aber die meisten Berufe, und zwar gerade die »höheren«, spekulieren in ihrer jetzigen Organisation auf die egoistischen, feigen, bequemen Instinkte des Menschen. Er hat es leicht, wenn er fünfe grade sein läßt, wenn er sich duckt, wenn er den Herrn Vorgesetzten nachahmt; und er hat es unendlich schwer, wenn er Arbeit und Verantwortlichkeit sucht und liebt.

Wie die Herden-Jünglinge sich mit diesen Dingen abfinden, geht mich nichts an. Die Geistigen finden hier eine gefährliche Klippe. Sie sollen die Berufe, gerade auch die staatlich organisierten Berufe, nicht fliehen, sie sollen sie probieren! Aber sie sollen sich nicht vom Beruf abhängig machen.

»Was du im Leben leistest ...«

Was du im Leben leistest, und zwar nicht nur als Künstler, sondern ebenso als Mensch, als Mann und Vater, Freund und Nachbar etc., das wird vom ewigen »Sinn« der Welt, von der ewigen Gerechtigkeit nicht nach irgendeinem festen Maß gemessen, sondern nach deinem einmaligen und persönlichen. Gott wird dich, wenn er dich richtet, nicht fragen: »Bist du ein Hodler geworden, oder ein Picasso, oder ein Pestalozzi oder Gotthelf?« Sondern er wird fragen: »Bist du auch wirklich der gewesen und geworden, zu dem du die Anlagen und Erbschaften mitbekommen hast?«

Und da wird niemals ein Mensch ohne Scham oder Schrecken seines Lebens und seiner Irrwege gedenken, er wird höchstens sagen können: »Nein, ich bin es nicht geworden, aber ich habe es wenigstens nach Kräften versucht.« Und wenn er das aufrichtig sagen kann, dann ist er gerechtfertigt und hat die Probe bestanden.

Wenn solche Vorstellungen wie »Gott« oder »ewiger Richter« etc., dich stören, so kannst du sie ruhig weglassen, auf sie kommt es nicht an. Es kommt einzig darauf an, daß jedem von uns ein Erbe und eine Aufgabe mitgegeben ist, er hat von

Vater- und Mutterseite, von vielen Ahnen her, von seinem Volk, seiner Sprache her gewisse Eigenschaften, gute und böse, angenehme und schwierige geerbt, Talente und Mängel, und all dies zusammen ist er, und dies Einmalige ... hat er zu verwalten und zu Ende zu leben, reif werden zu lassen und schließlich mehr oder weniger vollkommen zurückzugeben.

Es gibt da Beispiele von unvergeßlichem Eindruck, die Weltgeschichte und Kunstgeschichte ist voll davon: daß zum Beispiel einer, so wie in vielen Märchen, der Dumme und Unnütze in einer Familie ist, und daß gerade ihm eine Hauptrolle zufällt, und daß grade dadurch, daß er seinem Wesen so treu bleibt, alle Begabteren und Erfolgreichen neben ihm klein werden.

Da gab es zum Beispiel im Anfang des vorigen Jahrhunderts in Frankfurt die hochbegabte Familie Brentano, von deren fast zwanzig Kindern zwei noch heute berühmt sind, die Dichter Clemens und Bettina. Nun, alle diese vielen Geschwister waren hochbegabte, interessante, überdurchschnittliche Leute, sprühende Geister, glänzende Talente; nur der Älteste war und blieb einfältig, er lebte sein ganzes Leben lang wie ein stiller Hausgeist im Vaterhaus, zu nichts zu brauchen, er war fromm als

Katholik, geduldig und gutmütig als Bruder und Sohn, und wurde inmitten der witzigen und lustigen Geschwisterschar, bei der es oft exzentrisch zuging, immer mehr zu einem schweigenden Mittel- und Ruhepunkt, einem wunderlichen Haus-Kleinod, von dem Frieden und Güte ausstrahlte. Von diesem Einfältigen, diesem Kindgebliebenen, sprechen die Geschwister mit einer Ehrfurcht und Liebe wie von keinem anderen Menschen. So war also auch ihm, dem Trottel, dem Blöden, sein Sinn und sein Auftrag mitgegeben, und er hat ihn vollkommener erfüllt als alle die glänzenden Geschwister.

Kurz, es kommt, wenn ein Mensch das Bedürfnis hat, sein Leben zu rechtfertigen, nicht auf eine objektive, allgemeine Höhe der Leistung an, sondern eben darauf, daß er sein Wesen, das ihm Mitgegebene, so völlig und rein wie möglich in seinem Leben und Tun zur Darstellung bringe.

Tausend Verführungen bringen uns beständig von diesem Wege ab, aber die stärkste aller Verführungen ist die, daß man im Grunde ein ganz andrer sein möchte als man ist, daß man Vorbildern und Idealen folgt, die man nicht erreichen kann und auch gar nicht erreichen soll. Diese Verführung ist darum für höher veranlagte Menschen besonders stark und gefährlicher als die vulgären Gefahren des bloßen Egoismus, weil sie den Anschein des Edlen und Moralischen hat.

Jeder Bub hat in einem gewissen Alter einmal Fuhrmann oder Lokomotivführer, dann Jäger oder General, dann ein Goethe oder ein Don Juan werden wollen, das ist natürlich und gehört mit zur natürlichen Entwicklung und Selbsterziehung: Die Phantasie tastet gewissermaßen die Möglichkeiten für die Zukunft ab. Aber das Leben erfüllt diese Wünsche nicht, und die kindlichen und jugendlichen Ideale sterben von selber ab. Und doch wünscht man sich immer wieder etwas, was einem nicht zusteht, und quält sich mit Forderungen an die eigene Natur, die ihr Gewalt antun. Es geht uns allen so. Aber zwischenein, in Stunden des inneren Wachseins, spüren wir immer wieder, daß es keinen Weg aus uns heraus und in etwas anderes hinein gibt, daß wir mit unsern eigenen, ganz persönlichen Gaben und Mängeln durchs Leben hindurch müssen, und dann geschieht es wohl zuweilen auch, daß wir ein Stückchen weiterkommen, daß uns etwas glückt, was wir vorher nicht konnten, und daß wir für einen Augenblick uns selber ohne Zweifel bejahen und mit uns zufrieden sein können. Auf die Dauer gibt es das natürlich nicht, aber doch strebt das Innerste in uns nach nichts andrem als danach, sich selber natürlich wachsen und reifen zu spüren. Nur dann ist man in Harmonie mit der Welt, und unsereinem wird das selten zuteil, aber desto tiefer ist dann das Erlebnis.

Wo ein Werk geschaffen, wo ein Traum weitergeträumt, ein Baum gepflanzt, ein Kind geboren wird, da ist das Leben am Werk und eine Bresche ins Dunkel der Zeit geschlagen.

Eine Sonate

Frau Hedwig Dillenius kam aus der Küche, legte die Schürze ab, wusch und kämmte sich und ging dann in den Salon, um auf ihren Mann zu warten.

Sie betrachtete drei, vier Blätter aus einer Dürermappe, spielte ein wenig mit einer Kopenhagener Porzellanfigur, hörte vom nächsten Turme Mittag schlagen und öffnete schließlich den Flügel. Sie schlug ein paar Töne an, eine halbvergessene Melodie suchend, und horchte eine Weile auf das harmonische Ausklingen der Saiten. Feine, verhauchende Schwingungen, die immer zarter und unwirklicher wurden, und dann kamen Augenblicke, in denen sie nicht wußte, klangen die paar Töne noch nach oder war der feine Reiz im Gehör nur noch Erinnerung.

Sie spielte nicht weiter, sie legte die Hände in den Schoß und dachte. Aber sie dachte nicht mehr wie früher, nicht mehr wie in der Mädchenzeit daheim auf dem Lande, nicht mehr an kleine drollige oder rührende Begebenheiten, von denen immer nur die kleinere Hälfte wirklich und erlebt war. Sie dachte seit einiger Zeit an andere Dinge. Die Wirklichkeit selber war ihr schwankend und zweifelhaft geworden. Während der halbklaren, träumenden Wünsche und Erregungen der Mädchenzeit hatte sie oft daran gedacht, daß sie einmal heiraten und einen Mann und ein eigenes Leben und Hauswesen haben werde, und von dieser Veränderung hatte sie viel erwartet. Nicht nur Zärtlichkeit, Wärme und neue Liebesgefühle, sondern vor allem eine Sicherheit, ein klares Leben, ein wohliges Geborgensein vor Anfechtungen, Zweifeln und unmöglichen Wünschen. So sehr sie das Phantasieren und Träumen geliebt hatte, ihre Sehnsucht war doch immer nach einer Wirklichkeit gegangen, nach einem unbeirrten Wandeln auf zuverlässigen Wegen.

Wieder dachte sie darüber nach. Es war anders gekommen, als sie es sich vorgestellt hatte. Ihr Mann war nicht mehr das, was er ihr während der Brautzeit gewesen war, vielmehr sie hatte ihn damals in einem Licht gesehen, das jetzt erloschen war. Sie hatte geglaubt, er sei ihr ebenbürtig und noch überlegen, er könne mit ihr gehen bald als Freund, bald als Führer, und jetzt wollte es ihr häufig scheinen, sie habe ihn überschätzt. Er war brav, höflich, auch zärtlich, er gönnte ihr Freiheit, er nahm ihr kleine häusliche Sorgen ab. Aber er war zufrieden, mit ihr und mit seinem Leben, mit Arbeit, Essen, ein wenig Vergnügen, und sie war mit diesem Leben nicht zufrieden. Sie hatte einen Kobold in sich, der necken und tanzen wollte, und einen Träumergeist, der

Märchen dichten wollte, und eine beständige Sehnsucht, das tägliche kleine Leben mit dem großen herrlichen Leben zu verknüpfen, das in Liedern und Gemälden, in schönen Büchern und im Sturm der Wälder und des Meeres klang. Sie war nicht damit zufrieden, daß eine Blume nur eine Blume und ein Spaziergang nur ein Spaziergang sein sollte. Eine Blume sollte eine Elfe, ein schöner Geist in schöner Verwandlung sein, und ein Spaziergang nicht eine kleine pflichtmäßige Übung und Erholung, sondern eine ahnungsvolle Reise nach dem Unbekannten, ein Besuch bei Wind und Bach, ein Gespräch mit den stummen Dingen. Und wenn sie ein gutes Konzert gehört hatte, war sie noch lang in einer fremden Geisterwelt, während ihr Mann längst in Pantoffeln umherging, eine Zigarette rauchte, ein wenig über die Musik redete und ins Bett begehrte.

Seit einiger Zeit mußte sie ihn nicht selten erstaunt ansehen und sich wundern, daß er so war, daß er keine Flügel mehr hatte, daß er nachsichtig lächelte, wenn sie einmal recht aus ihrem inneren Leben heraus mit ihm reden wollte.

Immer wieder kam sie zu dem Entschluß, sich nicht zu ärgern, geduldig und gut zu sein, es ihm in seiner Weise bequem zu machen. Vielleicht war er müde, vielleicht plagten ihn Dinge in seinem Amt, mit denen er sie verschonen wollte. Er war so nachgiebig und freundlich, daß sie ihm danken mußte. Aber er war nicht ihr Prinz, ihr Freund, ihr Herr und Bruder mehr, sie ging alle lieben Wege der Erinnerung und Phantasie wieder allein, ohne ihn, und die Wege waren dunkler geworden, da an ihrem Ende nicht mehr eine geheimnisvolle Zukunft stand.

Die Glocke tönte, sein Schritt erklang im Flur, die Türe ging, und er kam herein. Sie ging ihm entgegen und erwiderte seinen Kuß.

»Geht's gut, Schatz?«

»Ja, danke, und dir?«

Dann gingen sie zu Tische.

»Du«, sagte sie, »paßt es dir, daß Ludwig heut abend kommt?«

»Wenn dir dran liegt, natürlich.«

»Ich könnte ihm nachher telefonieren. Weißt du, ich kann es kaum mehr erwarten.«

»Was denn?«

»Die neue Musik. Er hat ja neulich erzählt, daß er diese neuen Sonaten studiert hat und sie jetzt spielen kann. Sie sollen so schwer sein.«

»Ach ja, von dem neuen Komponisten, nicht?«

»Ja, Reger heißt er. Es müssen merkwürdige Sachen sein, ich bin schrecklich gespannt.«

»Ja, wir werden ja hören. Ein neuer Mozart wird's auch nicht sein.«

»Also heut abend. Soll ich ihn gleich zum Essen bitten?«

»Wie du willst, Kleine.«

»Bist du auch neugierig auf den Reger? Ludwig hat so begeistert von ihm gesprochen.«

»Nun, man hört immer gern was Neues. Ludwig ist vielleicht ein bißchen sehr enthusiastisch, nicht? Aber schließlich muß er von Musik mehr verstehen als ich. Wenn man den halben Tag Klavier spielt!«

Beim schwarzen Kaffee erzählte ihm Hedwig Geschichten von zwei Buchfinken, die sie heute in den Anlagen gesehen hatte. Er hörte wohlwollend zu und lachte.

»Was du für Einfälle hast! Du hättest Schriftstellerin werden können!«

Dann ging er fort, aufs Amt, und sie sah ihm vom Fenster aus nach, weil er das gern hatte. Darauf ging auch sie an die Arbeit. Sie trug die letzte Woche im Ausgabenbüchlein nach, räumte ihres Mannes Zimmer auf, wusch die Blattpflanzen ab und nahm schließlich eine Näharbeit vor, bis es Zeit war, wieder nach der Küche zu sehen.

Gegen acht Uhr kam ihr Mann und gleich darauf Ludwig, ihr Bruder. Er gab der Schwester die Hand, begrüßte den Schwager und nahm dann nochmals Hedwigs Hände.

Beim Abendessen unterhielten sich die Geschwister lebhaft und vergnügt. Der Mann warf hie und da ein Wort dazwischen und spielte zum Scherz den Eifersüchtigen. Ludwig ging darauf ein, sie aber sagte nichts dazu, sondern wurde nachdenklich. Sie fühlte, daß wirklich unter ihnen dreien ihr Mann der Fremde war. Ludwig gehörte zu ihr, er hatte dieselbe Art, denselben Geist, die gleichen Erinnerungen wie sie, er sprach dieselbe Sprache, begriff und erwiderte jede kleine Neckerei. Wenn er da war, umgab sie eine heimatliche Luft; dann war alles wieder wie früher, dann war alles wieder wahr und lebendig, was sie von Hause her in sich trug und was von ihrem Mann freundlich geduldet, aber nicht erwidert und im Grunde vielleicht auch nicht verstanden wurde.

Man blieb noch beim Rotwein sitzen, bis Hedwig mahnte. Nun gingen sie in den Salon, Hedwig öffnete den Flügel und zündete die Lichter an, ihr Bruder legte die Zigarette weg und schlug sein Notenheft auf. Dillenius streckte sich in einen niederen Sessel mit Armlehnen und stellte den Rauchtisch neben sich. Hedwig nahm abseits beim Fenster Platz.

Ludwig sagte noch ein paar Worte über den neuen

Musiker und seine Sonate. Dann war es einen Augenblick ganz stille. Und dann begann er zu spielen.

Hedwig hörte die ersten Takte aufmerksam an, die Musik berührte sie fremd und sonderbar. Ihr Blick hing an Ludwig, dessen dunkles Haar im Kerzenlicht zuweilen aufglänzte. Bald aber spürte sie in der ungewohnten Musik einen starken und feinen Geist, der sie mitnahm und ihr Flügel gab, daß sie über Klippen und unverständliche Stellen hinweg das Werk begreifen und erleben konnte.

Ludwig spielte, und sie sah eine weite dunkle Wasserfläche in großen Takten wogen. Eine Schar von großen, gewaltigen Vögeln kam mit brausenden Flügelschlägen daher, urweltlich düster. Der Sturm tönte dumpf und warf zuweilen schaumige Wellenkämme in die Luft, die in viele kleine Perlen zerstäubten. In dem Brausen der Wellen, des Windes und der großen Vogelflügel klang etwas Geheimes mit, da sang bald mit lautem Pathos bald mit feiner Kinderstimme ein Lied, eine innige, liebe Melodie.

Wolken flatterten schwarz und in zerrissenen Strähnen, dazwischen gingen wundersame Blicke in golden tiefe Himmel auf. Auf großen Wogen ritten Meerscheusale von grausamer Bildung, aber auf kleinen Wellen spielten zarte rührende Reigen von Engelbüblein mit komisch dicken Gliedern und mit Kinderaugen. Und das Gräßliche ward vom Lieblichen mit wachsendem Zauber überwunden, und das Bild verwandelte sich in ein leichtes, luftiges, der Schwere enthobenes Zwischenreich, wo in einem eigenen, mondähnlichen Lichte ganz zarte, schwebende Elfenwesen Luftreigen tanzten und dazu mit reinen, kristallenen, körperlosen Stimmen selig leichte, leidlos verwehende Töne sangen.

Nun aber wurde es, als seien es nicht mehr die engelhaften Lichtelfen selber, die im weißen Scheine sangen und schwebten, sondern als sei es ein Mensch, der von ihnen erzähle oder träume. Ein schwerer Tropfen Sehnsucht und unstillbares Menschenleid rann in die verklärte Welt des wunschlos Schönen, statt des Paradieses erstand des Menschen Traum vom Paradiese, nicht weniger glänzend und schön, aber von tiefen Lauten unstillbaren Heimwehs begleitet. So wird Menschenlust aus Kinderlust; das faltenlose Lachen ist dahin, die Luft aber ist inniger und schmerzlich süßer geworden.

Langsam zerrannen die holden Elfenlieder in das Meeresbrausen, das wieder mächtig schwoll. Kampfgetöse, Leidenschaft und Lebensdrang. Und mit dem Wegrollen einer letzten hohen Woge war das Lied zu Ende. Im Flügel klang die Flut in leiser, langsam sterbender Resonanz nach, und klang aus, und eine tiefe Stille entstand. Ludwig blieb in gebückter Haltung lauschend sitzen, Hedwig hatte die Augen geschlossen und lehnte wie schlafend im Stuhl.

Endlich stand Dillenius auf, ging ins Speisezimmer zurück und brachte dem Schwager ein Glas Wein.

Ludwig stand auf, dankte und nahm einen Schluck.

»Nun, Schwager«, sagte er, »was meinst du?«

»Zu der Musik? Ja, es war interessant, und du hast wieder großartig gespielt. Du mußt ja riesig üben.«

»Und die Sonate?«

»Siehst du, das ist Geschmackssache. Ich bin ja nicht absolut gegen alles Neue, aber das ist mir doch zu ›originell‹. Wagner laß ich mir noch gefallen – –«

Ludwig wollte antworten. Da war seine Schwester zu ihm getreten und legte ihm die Hand auf den Arm.

»Laß nur, ja? Es ist ja wirklich Geschmackssache.«

»Nicht wahr?« rief ihr Mann erfreut. »Was sollen wir streiten? Schwager, eine Zigarre?«

Ludwig sah etwas betroffen der Schwester ins Gesicht. Da sah er, daß sie von der Musik ergriffen war, und daß sie leiden würde, wenn weiter darüber gesprochen würde. Zugleich aber sah er zum erstenmal, daß sie ihren Mann schonen zu müssen glaubte, weil ihm etwas fehlte, das für sie notwendig und ihr angeboren war. Und da sie traurig schien, sagte er vor dem Weggehen heimlich zu ihr: »Hede, fehlt dir was?«

Sie schüttelte den Kopf.

»Du mußt mir das bald wieder spielen, für mich allein. Willst du?« Dann schien sie wieder vergnügt zu sein, und nach einer Weile ging Ludwig beruhigt heim.

Sie aber konnte diese Nacht nicht schlafen. Daß ihr Mann sie nicht verstehen könne, wußte sie, und sie hoffte, es ertragen zu können. Aber sie hörte immer wieder Ludwigs Frage: »Hede, fehlt dir was?« und dachte daran, daß sie ihm mit einer Lüge hatte antworten müssen, zum erstenmal mit einer Lüge.

Und nun, schien es ihr, hatte sie die Heimat und ihre herrliche Jugendfreiheit und alle leidlose, lichte Fröhlichkeit des Paradieses erst ganz verloren.

Valse brillante

Ein Tanz von Chopin lärmt im Saal,
Ein wilder, zügelloser Tanz.
Die Fenster leuchten wetterfahl,
Den Flügel ziert ein welker Kranz.

Den Flügel du, die Geige ich,
So spielen wir und enden nicht
Und warten angstvoll, du und ich,
Wer wohl zuerst den Zauber bricht.

Wer wohl zuerst einhält im Takt
Und von sich weg die Lichter schiebt,
Und wer zuerst die Frage sagt,
Auf die es keine Antwort gibt.

Ich glaube, man kann im Leben eine ganz genaue Grenze ziehen zwischen Jugend und Alter. Die Jugend hört auf mit dem Egoismus, das Alter beginnt mit dem Leben für andere. Ich meine es so: junge Leute haben viel Genuß und viel Leiden von ihrem Leben, weil sie es nur für sich allein leben. Da ist jeder Wunsch und Einfall wichtig, da wird jede Freude ausgekostet, aber auch jedes Leid, und mancher, der seine Wünsche nicht erfüllbar sieht, wirft gleich das ganze Leben weg. Das ist jugendlich. Für die meisten Menschen aber kommt eine Zeit, wo das anders wird, wo sie mehr für andere leben, keineswegs aus Tugend, sondern ganz natürlich. Bei den meisten bringt es die Familie. Man denkt weniger an sich selber und seine Wünsche, wenn man Kinder hat. Andere verlieren den Egoismus an ein Amt, an die Politik, an die Kunst oder Wissenschaft. Die Jugend will spielen, das Alter arbeiten. Es heiratet keiner, damit er Kinder kriege, aber wenn er Kinder hat, so ändern sie ihn, und schließlich sieht er, daß alles doch nur für sie geschehen ist. Das hängt damit zusammen, daß die Jugend zwar gern vom Tode redet, aber doch nie an ihn denkt. Bei den Alten ist es umgekehrt. Die Jungen glauben ewig zu leben und können darum alle Wünsche und Gedanken auf sich selber stellen. Die Alten haben schon gemerkt, daß irgendwo ein Ende ist und daß alles, was einer für sich allein hat und tut, am Ende in ein Loch fällt und für nichts war ...

Man ist zufriedener, wenn man für andere, als wenn man für sich allein lebt. Nur sollten die Alten nicht gar so sehr ein Heldentum daraus machen, was es nicht ist. Auch werden aus den eifrigsten Jungen die besten Alten und nicht aus denen, die schon auf Schulen wie Großväter tun.

Als junger Mensch wäre ich ohne weiteres dafür gewesen, daß man eine Ehe weder kirchlich segnet noch amtlich beglaubigt, es hätte mir richtiger geschienen, das Leben in der Ehe dem Gewissen jedes einzelnen zu überlassen. Mit den Jahren habe ich aber gesehen, daß durchaus nicht jeder Mensch ein Gewissen (oder Lust, von ihm Gebrauch zu machen) hat. Und da das Zusammenleben von Liebenden nicht sie allein angeht und dessen Fehler und Sünden nicht von ihnen allein gebüßt werden müssen, sondern Kinder kommen, die unter Umständen einen bessern Schutz brauchen als das Gewissen der Erzeuger, sehe ich ein, daß es besser sei, das Schließen oder Wiedertrennen von Ehen nicht einzig der Laune der Liebespaare zu überlassen.

Von der Seele

Unrein und verzerrend ist der Blick des Wollens. Erst wo wir nichts begehren, erst wo unser Schauen reine Betrachtung wird, tut sich die Seele der Dinge auf, die Schönheit. Wenn ich einen Wald beschaue, den ich kaufen, den ich pachten, den ich abholzen, in dem ich jagen, den ich mit einer Hypothek belasten will, dann sehe ich nicht den Wald, sondern nur seine Beziehungen zu meinem Wollen, zu meinen Plänen und Sorgen, zu meinem Geldbeutel. Dann besteht er aus Holz, ist jung oder alt, gesund oder krank. Will ich aber nichts von ihm, blicke ich nur »gedankenlos« in seine grüne Tiefe, dann erst ist er Wald, ist Natur und Gewächs, ist schön.

So ist es mit den Menschen und ihren Gesichtern auch. Der Mensch, den ich mit Furcht, mit Hoffnung, mit Begehrlichkeit, mit Absichten, mit Forderungen ansehe, ist nicht Mensch, er ist nur ein trüber Spiegel meines Wollens. Ich blicke ihn, wissend oder unbewußt, mit lauter beengenden, fälschenden Fragen an: Ist er zugänglich oder stolz? Achtet er mich? Kann man ihn anpumpen? Versteht er etwas von Kunst? Mit tausend solchen Fragen sehen wir die meisten Menschen an, mit denen wir zu tun haben, und wir gelten für Menschenkenner und Psychologen, wenn es uns glückt, in ihrer Erscheinung, in ihrem Aussehen und Benehmen das zu deuten, was unseren Absichten dient oder widerstrebt. Aber diese Einstellung ist eine ärmliche, und in dieser Art Seelenkunde ist der Bauer, der Hausierer, der Winkeladvokat den meisten Politikern oder Gelehrten überlegen.

Im Augenblick, da das Wollen ruht und die Betrachtung aufkommt, das reine Sehen und Hingegebensein, wird alles anders. Der Mensch hört auf, nützlich oder gefährlich zu sein, interessant oder langweilig, gütig oder roh, stark oder schwach. Er wird Natur, er wird schön und merkwürdig wie jedes Ding, auf das reine Betrachtung sich richtet. Denn Betrachtung ist ja nicht Forschung oder Kritik, sie ist nichts als Liebe. Sie ist der höchste und wünschenswerteste Zustand unserer Seele: begierdelose Liebe.

Haben wir diesen Zustand erreicht, es sei nun für Minuten, Stunden oder Tage (ihn immer innezuhalten, wäre die vollkommene Seligkeit), dann sehen die Menschen anders aus als sonst. Sie sind nicht mehr Spiegel oder Zerrbilder unseres Wollens, sie sind wieder Natur geworden. Schön und häßlich, alt und jung, gütig und böse, offen und verschlossen, hart und weich sind keine Gegensätze, sind keine Maßstäbe mehr. Alle sind schön, alle sind merkwürdig, keiner mehr kann verachtet, kann gehaßt, kann mißverstanden werden.

Wie, vom Standpunkt der stillen Betrachtung aus, alle Natur nichts anderes ist als wechselnde Erscheinungsform ewig zeugenden, unsterblichen Lebens, so ist des Menschen Rolle und Aufgabe im besonderen, Seele darzustellen. Unnütz, zu streiten, ob »Seele« etwas Menschliches sei, ob sie nicht auch dem Tiere, der Pflanze innewohne! Gewiß ist Seele überall, ist überall möglich, überall vorbereitet, überall geahnt und gewollt. Aber wie wir nicht den Stein, sondern das Tier als Träger und Ausdruck der Bewegung empfinden (obwohl auch im Stein Bewegung, Leben, Aufbau, Zerfall, Schwingung ist), so suchen wir Seele vor allem bei den Menschen. Wir suchen sie da, wo sie am sichtbarsten da ist, leidet, handelt. Und der Mensch erscheint uns als die Weltecke, als die spezielle Provinz, deren derzeitige Aufgabe es ist, Seele zu entwickeln – wie es einst seine Aufgabe war, zweibeinig zu werden, den Tierpelz abzustreifen, Werkzeug zu erfinden, Feuer zu schaffen.

So wird uns die gesamte Menschenwelt zu einer Darstellung der Seele. Wie ich in Berg und Fels die Urkräfte der Schwere, im Tier die Beweglichkeit und angestrebte Freiheit sehe und liebe, so sehe ich im Menschen (der jenes alles ja auch mit darstellt) vor allem jene Form und Äußerungsmöglichkeit des Lebens, die wir »Seele« nennen und die uns Menschen nicht nur eine beliebige Lebensstrahlung unter tausend anderen zu sein scheint, sondern eine besondere, eine auserwählte, hochentwickelte, ein Endziel. Denn einerlei, ob wir materialistisch oder idealistisch oder sonstwie denken, ob wir die »Seele« als Göttliches oder als verbrennende Materie uns denken – wir kennen sie doch alle und werten sie hoch; für jeden von uns ist beseelter Menschenblick, ist Kunst, ist Seelengestaltung die oberste, jüngste, wertvollste Stufe und Welle alles organischen Lebens.

So wird der Mitmensch uns zum edelsten, obersten, wertvollsten Gegenstand der Betrachtung. Nicht jeder übt diese selbstverständliche Wertung natürlich und ungehemmt – ich weiß das von mir selbst. Ich habe in der Jugendzeit nähere und innigere Beziehungen zu Landschaften und Kunstwerken als zu Menschen gehabt, ja, ich träumte jahrelang von einer Dichtung, in der nur Luft, Erde, Wasser, Baum, Berg und Tier vorkämen und keine Menschen. Ich sah den Menschen so von der Bahn der Seele abgelenkt, so von Wollen beherrscht, so roh und wild hinter tierischen, äffischen, urweltlichen Zielen her, so auf Tand und Schund erpicht, daß mich vorübergehend der schlimme Irrtum beherrschen konnte, vielleicht sei der Mensch, als Weg zur Seele, schon verworfen und im Rückgang begriffen, als müsse anderswo aus der Natur diese Quelle sich ihren Weg suchen.

Wenn man zusieht, wie zwei moderne Durchschnittsmenschen, die sich eben erst durch Zufall kennenlernen und eigentlich gar nichts Materielles voneinander begehren – wie diese zwei sich gegeneinander benehmen, dann fühlt man es beinahe sinnlich, wie dicht jeder Mensch von einer zwingenden Atmosphäre, von einer Schutzkruste und Abwehrschicht umgeben ist, von einem Netz, gewoben aus lauter Ablenkungen vom Seelischen, aus Absichten, Ängsten und Wünschen, die alle auf unwesentliche Ziele gerichtet sind, die ihn von allen anderen trennen. Es ist, als dürfe die Seele nur ja nicht zu Wort kommen, als sei es notwendig, sie ganz mit hohen Zäunen zu umgeben, mit Zäunen der Angst und der Scham. Nur die wunschlose Liebe vermag dies Netz zu durchbrechen. Und überall, wo es durchbrochen wird, blickt Seele uns an. Sitze in der Eisenbahn und beachte zwei junge Herren, die einander begrüßen, weil der Zufall sie für eine Stunde zu Nachbarn gemacht hat. Ihre Begrüßung ist unendlich merkwürdig, ist beinahe ein Trauerspiel. Aus Urfernen der Fremde, Kälte, aus einsamen vereisten Polen her scheinen diese harmlose Leute einander zu begrüßen – ich denke natürlich nicht an Malaien oder Chinesen, sondern an moderne Europäer –, sie scheinen jeder für sich in einer Festung von Stolz, gefährdetem Stolz, von Argwohn und Kühle zu wohnen. Was sie reden, ist vollkommener Unsinn, wenn man es äußerlich betrachtet, ist verkalkte Hieroglyphe aus der seelenlosen Welt, der wir beständig entwachsen und deren durchbrochene Eisränder beständig an uns hangen. Selten, überaus selten sind die Menschen, deren Seele auch schon im täglichen Reden sich äußert. Sie sind schon mehr als Dichter, sind fast schon Heilige. Wohl hat auch das »Volk« Seele, der Malaie und Neger, und zeigt in Gruß und Anrede mehr Seele als der Durchschnittsmann bei uns. Aber seine Seele ist nicht die, die wir suchen und wollen, obwohl auch sie uns lieb und nah verwandt ist. Die Seele des Primitiven, der noch keine Entfremdung, keine Mühsal einer entgötterten und mechanisierten Welt kennt, ist eine kollektive, schlichte, kindliche Seele, etwas Schönes und Liebliches, aber nicht unser Ziel. Unsere beiden jungen Europäer im Bahnwagen sind schon weiter. Sie zeigen wenig Seele oder gar keine, sie scheinen ganz aus organisiertem Wollen, aus Verstand, Absicht, Plan zu bestehen. Sie haben ihre Seele verloren in der Welt des Geldes, der Maschinen, des Mißtrauens. Sie sollen sie wiederfinden, und sie werden krank werden und leiden, wenn sie die Aufgabe versäumen. Aber was sie dann haben werden, wird nicht die verlorene Kinderseele mehr sein, sondern eine weit feinere, weit persönlichere, weit freiere und verantwortungsfähigere. Nicht zum Kinde, zum Primitiven zurück sollen wir, sondern weiter, vorwärts, zu Persönlichkeit, Verantwortlichkeit, Freiheit.

Von diesen Zielen und ihrer Ahnung ist hier noch nichts zu spüren. Die zwei jungen Männer sind weder primitiv, noch sind sie Heilige. Sie sprechen die Sprache des Alltags, eine Sprache, die zu den Zielen der Seele so wenig paßt wie eine Gorillahaut, die wir aber nur langsam und in hundert tastenden Versuchen abstreifen können.

Diese urweltliche, rohe, stammelnde Sprache lautet etwa so:

»Morgen«, sagt der eine.

»Tag«, sagt der andere.

»Gestatten?« der eine.

»Bitte«, der andere.

Damit ist gesagt, was gesagt werden mußte. Bedeutung haben die Worte nicht, sie sind reine Schmuckformen des primitiven Menschen, ihr Zweck und Wert ist derselbe wie der des Ringes, den sich ein Neger durch die Nase zieht.

Äußerst seltsam aber ist der Ton, in dem die rituellen Worte gesprochen werden. Es sind Höflichkeitsworte. Ihr Ton aber ist sonderbar kurz, knapp, sparsam, kühl, um nicht zu sagen böse. Es ist kein Grund zu Streitigkeiten da, im Gegenteil, und keiner von den beiden denkt Böses. Aber Miene und Ton sind kühl, sind gemessen, schroff, fast wie gekränkt. Der Blonde zieht bei seinem »Bitte« die Brauen hoch mit einem Ausdruck, der an Verachtung grenzt. Er empfindet nicht so. Er übt eine Formel aus, die in Jahrzehnten eines seelenlosen Verkehrs zwischen Menschen sich als Schutzform ausgebildet hat... – Während einer Stunde Bahnfahrt hast du nun zwei junge Leute beobachtet, einigermaßen gebildete Durchschnittsleute von heute. Sie haben Worte gesprochen, haben Grüße getauscht, Meinungen getauscht, haben mit den Köpfen genickt und geschüttelt, sie haben tausend kleine Dinge getan, Handlungen verrichtet, Bewegungen ausgeführt, und an nichts davon war ihre Seele beteiligt, an keinem Wort, an keinem Blick, alles war Maske, alles war Mechanik...

Arme, herrliche Seele, wo du bist, da ist Revolution, ist Bruch mit Verkommenem, ist neues Leben, ist Gott. Seele ist Liebe, Seele ist Zukunft, und alles andere ist nur Ding, nur Stoff, nur Hindernis, unsere göttliche Kraft im Formen und im Zerbrechen daran zu üben.

Weiter kommen Gedanken: Leben wir nicht in einer Zeit, da Neues sich laut verkündet, da Bindungen der Menschheit umgerüttelt werden, da in ungeheurem Umfang Gewalt geschieht, Tod wütet, Verzweiflung schreit? Und ist nicht Seele auch hinter diesen Vorgängen?

Frage deine Seele! Frage sie, die Zukunft bedeutet, die Liebe heißt! Frage nicht deinen Verstand, suche nicht die Weltgeschichte nach rückwärts durch! Deine Seele wird dich nicht anklagen, du habest dich zu wenig um Politik gekümmert, habest zu wenig gearbeitet, die Feinde zu wenig gehaßt, die Grenzen zu wenig befestigt. Aber sie wird vielleicht klagen, du habest allzu oft vor ihren Forderungen Angst gehabt und dich geflüchtet, du habest nie Zeit gehabt, dich mit ihr, deinem jüngsten und hübschesten Kinde, abzugeben, mit ihr zu spielen, ihren Gesang anzuhören, du habest sie oft um Geld verkauft, um Vorteile verraten. Und so sei es Millionen gegangen, und wohin man blicke, da machen die Menschen nervöse, gequälte, böse Gesichter, hätten keine Zeit außer fürs Unnützeste, für Börse und Sanatorium, und dieser häßliche Zustand sei nichts anderes als ein warnender Schmerz, ein Mahner im Blut. Nervös und lebensfeindlich – so sagt deine Seele – wirst du, wenn du mich vernachlässigst, und wirst es bleiben und wirst daran untergehen, wenn du dich mir nicht mit ganz neuer Liebe und Sorgfalt zuwendest. Auch sind es keineswegs die Schwachen, die Wertlosen, die an der Zeit krank werden und die Fähigkeit zum Glück verlieren. Es sind vielmehr die Guten, die Keime der Zukunft; es sind die, deren Seele nicht zufrieden ist, die sich nur noch aus Scheu dem Kampf wider eine falsche Weltordnung entziehen, die aber vielleicht morgen schon Ernst machen werden.

Von hier aus betrachtet, sieht Europa aus wie ein Schläfer, der in Angstträumen um sich haut und sich selber verletzt.

Ja, da erinnerst du dich, daß ein Professor dir einmal Ähnliches gesagt hat, daß die Welt am Materialismus und am Intellektualismus leide. Der Mann hat recht, aber er wird dein Arzt nicht sein können, so wenig wie sein eigener. Bei ihm redet die Intelligenz bis zur Selbstvernichtung weiter. Er wird untergehen.

Möge der Weltlauf gehen, wie er wolle, einen Arzt

und Helfer, eine Zukunft und neuen Antrieb wirst du immer nur in dir selber finden, in deiner armen, mißhandelten, geschmeidigen, nicht zu vernichtenden Seele. In ihr ist kein Wissen, kein Urteil, kein Programm. In ihr ist bloß Trieb, bloß Zukunft, bloß Gefühl. Ihr sind die großen Heiligen und Prediger gefolgt, die Helden und Dulder, ihr die großen Feldherrn und Eroberer, ihr die großen Zauberer und Künstler, sie alle, deren Weg im Alltag begann und in seligen Höhen endete. Der Weg der Millionäre ist ein anderer, und er endet im Sanatorium.

Kriege führen auch die Ameisen, Staaten haben auch die Bienen, Reichtümer sammeln auch die Hamster. Deine Seele sucht andere Wege, und wo sie zu kurz kommt, wo du auf ihre Kosten Erfolge hast, blüht dir kein Glück. Denn »Glück« empfinden kann nur die Seele, nicht der Verstand, nicht Bauch, Kopf oder Geldbeutel.

Indessen, hierüber kann man nicht lange denken und reden, so stellt das Wort sich ein, das alle diese Gedanken längst zu Ende gedacht und gesagt hat. Es ist vor langer Zeit gesprochen und gehört zu den wenigen Menschenworten, die zeitlos und ewig neu sind: »Was hülfe es dir, wenn du die ganze Welt gewännest, und nähmest doch Schaden an deiner Seele!«

Bhagavad Gita

Wieder lag ich schlaflos Stund um Stund,
Unbegriffenen Leids die Seele voll und wund.

Brand und Tod sah ich auf Erden lodern,
Tausende unschuldig leiden, sterben, modern.

Und ich schwor dem Kriege ab im Herzen
Als dem blinden Gott sinnloser Schmerzen.

Sieh, da klang mir in der Stunde trüber
Einsamkeit Erinnerung herüber,

Und es sprach zu mir den Friedensspruch
Ein uraltes indisches Götterbuch:

»Krieg und Friede, beide gelten gleich,
Denn kein Tod berührt des Geistes Reich.

Ob des Friedens Schale steigt, ob fällt,
Ungemindert bleibt das Weh der Welt.

Darum kämpfe du und lieg nicht stille;
Daß du Kräfte regst, ist Gottes Wille!

Doch ob dein Kampf zu tausend Siegen führt,
Das Herz der Welt schlägt weiter unberührt.«

Es ist schade, daß die Mehrzahl der Menschen, solang sie kräftig und jung sind, mit der Gewalt liebäugeln, und an der Gewaltlosigkeit erst Geschmack finden, wenn sie müde sind.

Mögen heute die Kanonen reden, morgen oder übermorgen wird der Geist der Völker wieder zartere und kompliziertere Sprachen sprechen müssen, und überall wird er sich den Boden der Jugend, des Vertrauens und der Hoffnung wählen, auch da, wo dieser Boden noch gärt und ungewisses Neuland ist.

Ich habe, ... obwohl meines privaten Lebens und Standes immer ungewisser, mir eine Haut wachsen lassen, die mich wie Glas umgibt und eigentlich aus nichts besteht, als aus einem Glauben, daß auch Krisen und Leiden positive Funktionen seien und daß der Ort, an den ich mich gestellt sehe, als Amt und Schicksal aufzufassen sei.

Ich weiß von solchen …

In manchen Seelen wohnt so tief die Kindheit,
Daß sie den Zauber niemals ganz durchbrechen;
Sie leben hin in traumgefüllter Blindheit
Und lernen nie des Tages Sprache sprechen.

Weh ihnen, wenn ein Unheil sie erschreckt
Und plötzlich hell zur Wirklichkeit erweckt!
Aus Traum gescheucht und kindlichem Vertrauen
Starren sie hilflos in des Lebens Grauen.

Ich weiß von solchen, die der Krieg erst weckte,
Da sie des Lebens Mitte überschritten,
Und die seither am Leben wie erschreckte
Traumwandler zitternd und geängstet litten.

Es scheint: in diesen Hoffnungslosen sucht
Die Menschheit ihrer blutgetränkten Erden,
Sucht ihrer Grausamkeit und Seelenflucht
Erschauernd und beschämt bewußt zu werden.

Zum Gedächtnis

Ich stand auf einem großen Bahnhof am Gepäckschalter, mein Zug sollte in wenigen Minuten abgehen. Es war abends beim Eindunkeln, Lichter begannen schon zu glühen. Ich war seit dem Morgen von Hause fort, hatte hier ein paar Stunden haltgemacht und meinen Freund vergebens gesucht. Dann war ich in die Werkstatt eines Künstlers, den ich kenne, eingetreten und hatte dort zwischen den Bildern und Tonmodellen meine Zeit verbracht, im Herzen unruhig, denn zu Hause lag viel Arbeit ungetan, und morgen und übermorgen sollte ich, eben zugunsten jener Arbeit, an zwei Orten Vorträge halten.

Es war eine gute Sache, ohne Zweifel, es galt, den armen Opfern des Krieges zu helfen, den unschuldig heimatlos Gewordenen, den in Feindesland Gefangenen. Aber – so fühlte ich zuweilen und dachte es auch jetzt – war nicht die ganze Emsigkeit und Betriebsamkeit unsres guten und wohltätigen Tuns ein wenig falsch, ein wenig überhitzt im Tempo, ein bißchen angesteckt vom fatalen Geist der Welt, die unsrer Seele fremd ist, von jenem Geist, der sich jetzt im großen Kriege so erschreckend und demütigend austobte? Floh nicht seit Monaten hundertmal in unbewachten Augenblicken mein ganzes Wesen erkrankt und sehnsuchtsvoll in die alte heilige Klage: Laß, o Welt, o laß mich sein!

Ich nahm dem Beamten meinen Koffer ab und wollte ihn zum Zuge tragen, der schon erleuchtet und dampfend in der Halle stand. Da klopfte jemand mir auf die Schulter, und mein lieber Freund, den ich in der Stadt nicht gefunden, stand da und sah mir ins Gesicht.

»Bleib hier«, sagte er freundlich, »bleibe den Abend bei mir! Du mußt heute nicht weiterreisen!«

Ich lachte rasch und winkte ab, da sagte er leise: »Ich habe eine Nachricht für dich, man hat mir telegraphiert.«

»Was denn?« fragte ich, noch immer ohne Ahnung.

Da nahm er mir den Koffer ab und sagte: »Es ist keine gute Nachricht. Dein Vater ist plötzlich gestorben.«

Eine Viertelstunde später saß ich im Zug, nicht in dem geplanten, sondern in einem andern, der noch heute nacht in meinem Wohnort ankommen sollte. Noch war ich zu keiner Ruhe gekommen, ich hatte nichts getan als hastige Telegramme geschrieben und Züge gesucht. Jetzt fuhr ich heimwärts – nicht dem

Ruf des Herzens nach zu meinem toten Vater hin, sondern von ihm fort, in umgekehrter Richtung, nach Hause. Denn ich konnte nicht nach Deutschland reisen, ohne mir erst daheim einen neuen Paß zu besorgen. Es war ja Krieg, man durfte ja jetzt keine Privatangelegenheiten, keinen Schmerz haben, man durfte jetzt nicht tun, was natürlich und richtig war, sondern man mußte sich ins Glied stellen, sich um Stempel bemühen, sich photographieren lassen, Zettel unterschreiben und Beamten Auskünfte geben, die niemand interessierten. Nun denn, es war mir nichts Neues mehr. Aber über alledem kam ich auch auf der langen Bahnfahrt zu keiner Ruhe im Herzen. Es tat zwar weh, und mit dem teuflischen Takt der Räder schlug mir's tausendmal dumpf und öd ins Ohr: »Dein Vater ist tot, jetzt hast du keinen Vater mehr!«

Aber es waren viele andre Stimmen daneben wach: Werde ich daheim noch jemand finden? Werde ich schnell genug meinen Paß bekommen? Was machen meine Schwestern? Und mein Bruder? Und plötzlich fiel mir ein: ich muß ja einen schwarzen Anzug haben! Und zwischen alledem quälte mich eine tiefe Scham und Trauer, daß ich jetzt nicht still und gesammelt mein Herz dem Vater darbieten konnte, daß meine Seele wirr verstimmt und vielspältig geteilt war, daß hundert dumme kleine Sorgen noch Platz in mir hatten.

Zuweilen stieg ein halberwachtes Bewußtsein des Verlustes beklemmend herauf, nahm mir den Atem und tat im Kopfe weh, hinter den Augen. Dann versuchte ich, mich zusammenzuraffen und mit gesammelter Innigkeit das Bild des Gestorbenen in mir herzustellen. Doch ward es nie vollkommen hell und wahr. Das einzige gute Gefühl, das für Augenblicke rein und tröstend in mir atmete, war dieses: er hat es gut, er hat Ruhe; er ist da, wohin er sich sehnte. Dann fielen mir Zeiten ein, in denen ich meinen Vater krank gekannt hatte, krank und von endlosen Schmerzen gepeinigt, und plötzlich sah ich sein Bild deutlich und überscharf, mit seiner lieben, ergreifend schmerzvollen Gebärde, wie er tief atmend mit flachen Händen das lange Haar von den Schläfen zurückstrich, während sein Blick still und traurig wie aus einer fremden Ferne her auf mir ruhte. Und jetzt empfand ich, endlich wieder, sein Wesen rein und deutlich in mir und sagte zu mir: »Sie haben ihn nie verstanden, niemand, auch alle seine Freunde nicht. Nur ich verstehe ihn ganz, weil ich bin wie er, allein und von keinem verstanden.«

In der Nacht kam ich in meinem Wohnort an, stieg in die Trambahn, sah innen Bekannte plaudernd sitzen und wandte mich ab gegen die Scheiben; mit entfremdeten Blicken sah ich die vertrauten nächtlichen Straßen und Brücken, als führe ich müde auf Reisen durch einen unbekannten Ort. Meine Frau kam mir draußen am Rande der Stadt entgegen, wir gingen über die dunklen Felder in unser Haus, das ich erst am Morgen verlassen hatte.

Auf meinem Tisch lagen Briefe, und darüber lag das Telegramm, und ich las und mußte lächeln. »Ganz schnell entschlafen«, stand da, das klang gut und zart, und es paßte so zu dem Hinweggegangenen! Das war so ganz seine Art, das verstand ich so im Grunde und fühlte es wie einen kleinen Triumph mit, daß es ihm gelungen war, uns allen so ganz unvermerkt und unbeschrien zu entschlüpfen. Wie ein Vogel, wie ein gefangener Waldvogel, wenn das Fenster offen und niemand im Zimmer ist.

Erst spät in der Nacht, im Bett, spürte ich die Erschütterung an meinen Wurzeln, tief im Geheimnisvollen, fühlte die traurige Schönheit und Unwiederbringlichkeit von allem und konnte weinen.

Den andern Tag bis zum Mittag mußte ich um den Reisepaß bemüht sein. Es ging alles so behindert und harzig wie in einem Angsttraum, überall fehlte eine Kleinigkeit, überall war noch eine Viertelstunde zu warten, mein einziger Zug war längst weggefahren, und ich stand noch immer mit müdem Kopf und kalten Händen in den Kanzleien herum, unselig und verzaubert inmitten jener furchtbaren Welt der gelbgemalten Kanzleistühle und an die Wände genagelten amtlichen Vorschriften und Kundgebungen. Diese seltsam harte, seltsam verfluchte, seltsam unzulängliche Welt, in der seit Pontius Pilatus das Leben entwirklicht und die Seele jeder Wesenheit beraubt wird, umgab mich phantastisch in ihrer nüchternen Unwirklichkeit und bestahl mich aufs neue um meinen Schmerz und meine Erhebung. Nur hin und wieder flohen die schalen Wände dieser wesenlosen Welt einen Augenblick auseinander, und über eine ungeheure Entfernung und Leere hinweg sah ich einen stillen Mann im Totenhemde liegen und auf mich warten. Dann mußte ich wieder Auskünfte geben und meinen Namen auf Papiere schreiben, und endlich stand ich betäubt auf der Straße und sprang in einen Wagen, kam nach Hause, fand den Tisch gedeckt und den Koffer bereit, stand lang am Telefon, aß schnell etwas, steckte Bücher in die Taschen und fuhr zum Bahnhof.

Zu meinem Vater konnte ich heute nicht mehr kommen; aber ich wollte reisen, so weit es eben ging. Meine Kinder sah ich eben noch von der Schule heimkommen, ehe ich wegfuhr.

Dann saß ich im Zug und fuhr Stunde um Stunde, wieder denselben Weg, den ich gestern am Morgen hin- und am Abend zurückgefahren war, und gegen Abend fuhr ich auch an der Stadt und ganz nah an dem Saal vorbei, in dem ich eben an diesem Abend hätte sprechen sollen. Mit dem Nachtwerden erschien der Bodensee, und es ging noch ein Schiff, und im Laternenlicht des Hafens begrüßte ich den deutschen Boden wieder. Jahre meines Lebens hatten sich in dieser Landschaft gespiegelt; der Fisch, den ich aß, und der Wein, den ich trank, riß hundert verdunkelte Bilder plötzlich ins Licht. Noch ein Gang im Nachtwind durch das schlafende Friedrichshafen und ein Stück Seeufer entlang, dann schlief ich schwer bis zur Frühe.

Jetzt, als ich am Morgen in dem Eisenbahnwagen stand, der mich in die alte Heimat bringen mußte, jetzt fühlte ich deutlich, wie der Sarg meines Vaters mich zu sich zog, durch die wechselnden Landschaften, und er zog nicht mich allein, er zog in andern Zügen und Wagen durch andre Gegenden auch meine Geschwister her, deren jedem der Vater gestorben war, deren jedes ihn in irgendeinem besonderen Zuge seines Wesens ganz (und vielleicht allein) verstanden und gekannt hatte.

Und wieder reiste ich durch Landschaften und

Städte, die mir heimatlich angehörten, wo ich Schulen besucht, wo ich Knaben- und Jünglingsgänge durch die waldigen Bergzüge getan. Von allem war heute der Schimmer genommen, ich sah mein Leben rückwärts nicht wie ein launig gewundenes Tal, sondern als eine einzige, harte, schnurgerade Straße unerbittlicher Notwendigkeit, vom Vater her und zu ihm zurückführend.

Wieder dachte ich an die Unverstandenheit, in der unser Vater so große Teile seines beschwerlichen Lebens hingebracht hatte, obwohl ihm die wunderbare Gabe geschenkt war, gerade das in seiner Natur, was leicht und licht und hell und vogelhaft war, zu zeigen und andern zum anmutigen Geschenk zu machen. Merkwürdig – im Leben dieses Mannes, der immer leidend und überzart und von Schmerzen verfolgt war, schimmerte eine eigentümliche Festlichkeit, ein edler Glanz von guter Form und Ritterlichkeit. Es war nicht die Frohmütigkeit gesunder, naiver Naturen, die ihn dankbar und dem Angenehmen erschlossen machte. Seine Dankbarkeit und Heiterkeit waren die des Leidenden, der in schweren Jahren gelernt hat, den Sonnenstrahlen und kleinen Tröstlichkeiten des Lebens mit Sorgfalt eine Tür offen zu lassen.

Ich erinnerte mich an meinen letzten Besuch bei

ihm, wie da gleich nach der Begrüßung unser Gespräch voll Verständnis, voll Licht und Vertrauen gewesen war. Obwohl er, der mich vermutlich viel besser kannte als ich ihn, Grund genug gehabt hätte, mir zu mißtrauen oder mich doch zu tadeln und anders zu wünschen, und obwohl ich im Vergleich zu seiner zarten Frömmigkeit ein roher Weltmensch war, stand doch über uns wie ein warmer Himmel ein Gefühl von Gemeinsamkeit und Einandernichtverlierenkönnen, und ohne Zweifel war die Toleranz und das Nachgebenmüssen bei ihm größer als bei mir. Denn er war, wenn auch nicht ein Heiliger, doch aus dem seltenen Stoffe, aus dem die Heiligen gemacht werden. Damals, als ich das letzte Mal bei ihm in dem friedevollen Stübchen saß – für mich ein Hort und Schlupfwinkel weltferner Ruhe, für ihn ein Kerker und quälender Käfig –, da hatte er, der seit einiger Zeit blind geworden war, mir von einem seiner kleinen Mittel erzählt, mit denen er sich je und je durch schlaflose Nächte hindurchhalf. Er besann sich dann auf gute lateinische Sätze und Sprichwörter, und zwar in alphabetischer Folge, was außer der Gedankenzucht noch die Tugend hatte, den Reichtum des im Gedächtnis Vorhandenen viel eindringlicher aufzuzeigen. Er forderte mich auf, das Spiel mit ihm zu machen und mit dem Buchstaben A zu beginnen. Ich brauchte lange, bis ich zwei, drei Sprüche beisammen hatte. »Alea iacta est« fiel mir zuerst ein und: »Ars longa, vita brevis.« Er aber, die Lider über den blinden Augen nachdenkend geschlossen, zog wie ein Kristallsucher behutsam einen schönen runden Satz um den andern hervor, genau in alphabetischer Reihenfolge – ich erinnerte mich, daß sein letzter Spruch »Aut Caesar aut nihil« war –, und jeden sprach er mit einem frohen Respekt vor der schönen, knappen und klingenden Sprache klar und behutsam aus, so wie ein Sammler seine Stücke in liebende und wohlerzogene Finger nimmt.

Jetzt sah ich ihn auch wieder ganz, das ritterliche Gesicht unterm langen zurückgekämmten Haar, die edle hohe Stirn und alle ihre schönen Flächen, die hohe Wölbung der über erblindeten Augen geschlossenen Lider, und zum erstenmal, seit ich von seinem Tode wußte, empfand ich erkaltend im Innersten die Unwiederbringlichkeit all dieser lieben, feinen kostbaren Dinge. Ich empfand plötzlich, welch ein Verlust das war, niemals mehr seine zarte Hand zu fühlen, wie sie segnend meinen Scheitel suchte, und gar niemals wieder seine Stimme zu hören. Für eine Weile fühlte ich, im schüttelnden Zug am Fenster stehend, nichts mehr als den Schmerz des Beraubten und etwas wie Erbitterung gegen alle

Menschen, denen er nicht verloren war, die ihn nicht gekannt hatten, die nicht wußten, was für ein ordentlicher Mensch da gelebt hatte und gestorben war.

Und alsbald fiel etwas noch viel Schlimmeres, viel Furchtbareres mir ein – wie hatte ich daran bis jetzt nicht denken können! Es war meine letzte Nachricht an ihn, vielleicht hatte er sie noch in seinen letzten Stunden erhalten – eine kurze, hastige, lieblose Postkarte mit flüchtigen Grüßen und mit der Klage, daß ich jetzt gar keine Zeit zum Briefschreiben finden könne! O Gott, wie war das jammervoll und häßlich und beschämend, viel schlimmer, als wenn ich gar nichts geschrieben hätte! Die Schmerzen, die ich meinem Vater in Jugendjahren bereitet, waren nichts, die waren bitter, aber selbstverständlich und notwendig gewesen. Aber diese Gleichgültigkeit, dieses Verlorensein an leere Geschäfte und Pflichten, über denen ich die ersten Pflichten der Liebe versäumte, wie war das gemein und unverzeihlich! Schuld wälzte sich über mich wie ein dunkler Strom von Schlamm ...

Der Zug hielt im Bahnhof der Hauptstadt, ein Freund holte mich ab und nahm mich in sein Haus, bis ich weiterfahren konnte. Dann ging der langsame, ländliche Eisenbahnzug in die Dörfer hinaus, hielt endlich bei der kleinen Station. Ich sah Menschen dort stehen, sah plötzlich meinen Bruder unter ihnen und umarmte ihn und meine Schwester, und wir gehörten wieder zusammen und waren ein Blut wie in Kinderzeiten. Verlorene Kinderheimat, Erinnerungen unschuldiger Gemeinsamkeit, die braunen warmen Augen unsrer lang gestorbenen Mutter, alles war plötzlich da und brachte Wärme und Geborgenheit, duftete heimatlich, redete Kinder-Mundart, floß beruhigend durchs Blut. O wie arm gehen wir unsere staubigen Straßen, und könnten so viel Liebe atmen! O wie arm, wie arm! Aber jetzt war es gut, jetzt war ich heimgekehrt.

Friedlicher Gang durchs Dorf und die Vorfrühlingswiesen, Schneereste noch überall. O wie gut, wie unsäglich gut, daß ich gekommen war, daß ich da war, daß ich den Arm meiner Schwester hielt und meinem Bruder auf die Schulter klopfen konnte! Und wie traurig und wunderbar, den kleinen Berg hinan nach dem Hause zu gehen, in dem unser Vater lag und auf uns wartete. Das Fenster wiederzusehen, aus dem er bei jeder Abreise seinen Kindern gewinkt hatte. Die Treppe hinaufzusteigen und bei der Glastüre den Haken zu sehen, wo immer sein weicher Filzhut hing. Und in Flur und Stube die Atmosphäre von einfacher, wohlriechender Sauberkeit, von zarter Reinlichkeit zu atmen, die ihn stets umgeben hatte.

Zuerst wurde erzählt, und die Schwestern hatten Kaffee bereit. Ja, er war ganz leicht und schnell entflogen, er war fast schelmisch von dannen geschlüpft, ohne Geräusch und Gebärden. Wir wußten, daß er, der von vielen Leiden her Mißtrauische, nicht ohne Furcht vor dem Tode gewesen war, den er doch oft und herzlich ersehnte. Das war nun gut, das war gelöst, da war nichts anderes zu wünschen. Ich fand gedruckte Todesanzeigen daliegen; darin stand eine Psalmstelle bezeichnet, die nach seinem Wunsch auf seinem Grabe stehen soll. Ich fragte die Schwestern, wie der Spruch laute; sie lächelten beide und sagten: »Der Strick ist zerrissen, der Vogel ist frei!«

Nun ging ich leise beiseite und hinüber und tat die Tür zu seiner Stube auf. Das Fenster stand offen, Schneekühle wehte in den Blumenduft herein.

Unser Vater lag weiß in Blumen gebettet, die Hände leicht aufeinandergelegt. Sein Kopf lag weit zurückgelehnt, wie in einem tiefen Aufatmen, die hohe Stirn mächtig und königlich, die Augen still geschlossen. Und wie tief, wie innig atmete das Antlitz die erreichte Ruhe! Wie lag Rast und Erlösung und herzliches Genügen in seinen lieben Zügen! Er, den Schmerzen und Unrast sein Leben lang verfolgt und zum Kämpfer und Ritter gemacht hatten, er schien mit tiefem, innigem Erstaunen der unendlichen Stille zu lauschen, die ihn jetzt umgab. O Vater, Vater!

Als ich weinend seine Hände küßte und meine lebenden, warmen Hände auf seine steinerne Stirne legte, da fiel mir aus den Knabenzeiten ein, wie mein Vater oft, wenn im Winter eines von uns mit kalten Händen nach Hause kam, uns gebeten hatte, ihm die Hände ein wenig auf die Stirn zu legen; denn er war oft tagelang von schweren Kopfschmerzen heimgesucht. Jetzt lagen meine unruhigen, warmen Hände auf seiner Stirn und holten Kühle von ihm. Und alles Ritterliche und überlegen Edle, das er im Wesen gehabt, stand überklar in seinem Gesicht geschrieben, wie die Würde auf einem stillen Schneegipfel. O Vater, Vater! Am Abend gab mir eine der Schwestern einen goldenen Trauring. Den hatte einst meine Mutter, am Anfang der sechziger Jahre, für ihren ersten Bräutigam machen lassen, ein Spruch stand innen eingegraben, und hatte ihn zehn Jahre später bei der Hochzeit meinem Vater gegeben.

Ich drehte den schmalen Goldring und las die alte Inschrift und steckte ihn an meinen Finger. Er paßte gut, und als ich den Finger mit dem Ring ansah, den ich vieltausendmal an meines Vaters Hand gesehen und als Knabe oft im Spiel gedreht, da blickte auch meine ältere Schwester her, und wir sahen beide, wie ähnlich mein Finger und meine Hand den Händen unsres Vaters war. In der Nacht erwachte ich zweimal an dem ungewohnten Ring, denn ich hatte bisher niemals einen getragen, und ich lag und fühlte ahnend, wie der Ring nur ein schwaches Gleichnis war für hundert Notwendigkeiten, die mein Sein und Schicksal an den Vater knüpften.

Am andern Tage war ich nochmals eine Zeit allein bei ihm, und noch immer schien er innig und erstaunt dem großen Frieden zu lauschen und ganz eins mit ihm zu sein; und wieder kühlte ich Stirn und Hände an der heiligen Quelle. Und alles, was weh tat, war nichts gegen diese gute Kühle. Und wenn ich ein schlechter Sohn und dieses Vaters noch so sehr unwürdig war, so würde doch einst auch mir die Seele so gestillt und der rastlose Puls so gekühlt werden. Und wenn gar kein anderer Trost im Leiden mehr zu finden wäre, so doch immer dieser: auch meine Stirn wird einmal so voll Kühle und mein Sinn so ins Wesentliche hinübergeflossen sein.

Erst seit den schönen, innig erfüllten Stunden, die ich im kalten, hellen Stüblein meines toten Vaters zu Gast war, ist das Wissen um den Tod mir wichtig und köstlich geworden. Bisher hatte ich den Tod wenig bedacht, nie gescheut, oft in verzweifelnder Ungeduld gewünscht. Erst jetzt sah ich ganz seine Wirklichkeit und Größe, wie er als Gegenpol da drüben steht und uns erwartet, damit ein Schicksal vollendet und ein Kreis geschlossen werde. Bisher war mein Leben ein Weg gewesen, bei dessen Anfängen ich viel in Liebe verweilte, bei Mutter und Kindheit, ein Weg, den ich oft singend und oft verdrossen ging und den ich oft verwünschte – aber nie war das Ende dieses Weges klar vor mir gestanden. Aller Antrieb, alle Kraft, die mein Dasein speiste, schien mir nur vom dunklen Anfang auszugehen, von Geburt und Mutterschoß, und der Tod schien mir nur der zufällige Punkt zu sein, wo diese Kraft, dieser Schwung und Antrieb einmal erlahmen und erlöschen würde. Jetzt erst sah ich die Größe und Notwendigkeit auch in diesem »Zufälligen« und fühlte mein Leben an beiden Enden gebunden und bestimmt und sah meinen Weg und meine Aufgabe, dem Ende entgegenzugehen als der Vollendung, ihm zu reifen und zu nahen als dem ernsten Fest aller Feste.

Wir sprachen viel, und wer sich an besondere Erzahlungen des Vaters aus dessen frühern Jahren erinnerte, der suchte sie wiederherzustellen, dazwischen lasen wir einander Stücke aus seinen Aufzeichnungen vor. Hier und dort nahm eines von uns ein Familienbild von der Wand, studierte daran, suchte Daten auf der Rückseite. Hier und da verschwand eines von uns, um ein wenig »hinüber« zu gehen und beim Vater zu sein, und hie und da begann eines von uns zu weinen. Eine von meinen Schwestern hatte mehr verloren als wir andern, ihr wurde der Tod des Vaters zu Wende und Schicksal auch im äußern Leben. Um diese eine stellten wir andern uns und nahmen sie in die Mitte unsrer Liebe. Über Jahre und Jahrzehnte eines Auseinandergleitens hinweg umarmte uns, mit hundert teuren Erinnerungen an Vater und Mutter, die Gemeinsamkeit des Blutes und Geistes. Denn dies erkannten wir alle als das Wesentliche in der Erbschaft des Entschlafenen, dic wir alsbald angetreten hatten: es war nicht bloß das Band des Blutes da, das uns in der Stunde der Angst zueinanderdrängte. Es war darüber hinaus das Vermächtnis einer Zucht und eines Glaubens da, dem unser Vater und unsre Mutter gedient hatten und dem sich keines von uns Kindern zu entziehen dachte, der auch mich nach dem Zerschneiden aller Wort- und Gemeindefesseln immer noch innig mit umfaßt hatte. Diesen Glauben fühlten wir jetzt alle, den Glauben an eine Bestimmung, den Glauben an eine Berufung und Verpflichtung. Dieser Glaube, nicht in Worten auszudrücken und niemals durch Taten in seinem Trieb zu stillen, war uns allen gemeinsam wie das Blut. Auch wenn wir einander verlieren sollten, wußten wir uns doch für immer einem Orden, einer heimlichen Ritterschaft angehörig, aus der es keinen Austritt gibt. Denn man kann so einen Glauben wohl mit Füßen treten, nicht aber auslöschen.

Aber davon sprachen wir kein Wort.

Jetzt ist die braune Frühlingserde zwischen ihm und uns, und vielleicht sind heut auf seinem Grabe schon die ersten Blumen eingewurzelt. Eine Heimat habe ich jetzt nicht mehr, Mutter und Vater sind an verschiedenen Orten begraben. Erinnerungsstücke und Andenken habe ich keine mitgenommen, nur den dünnen goldenen Ring, an den sich meine Hand nun schon gewöhnt hat. Meine Heimat wird einmal dort sein, wo auch mir die Erde letzte Mutterdienste tut. Dennoch bin ich nicht in der Welt verloren, die ich liebe und der ich fremd bin, wie es der Tote war. Und habe mehr gewonnen als verloren an dem feuchten braunen Grab im schwäbischen Boden. Wer den Weg der Reife einmal betreten hat, der kann nicht mehr verlieren, nur gewinnen. Bis einmal auch ihm die Stunde kommt, wo er die Käfigtür offen findet und mit einem letzten Herzklopfen dem Unzulänglichen entschlüpft.

Wer dann für einen Menschen von unserer Art in der Bibel und in andern Büchern nach einem guten Spruch und Ausruf fahndet, der nicht alles sagt und sagen will, aber den holdesten Glanz der Sache doch im Spiegel fängt, der wird wohl nirgendwo einen bessern finden als den Psalmvers: »Der Strick ist zerrissen, der Vogel ist frei.«

Keine Rast

Seele, banger Vogel du,
Immer wieder mußt du fragen:
Wann nach so viel wilden Tagen
Kommt der Friede, kommt die Ruh?

O ich weiß: kaum haben wir
Unterm Boden stille Tage,
Wird vor neuer Sehnsucht dir
Jeder liebe Tag zur Plage.

Und du wirst, geborgen kaum,
Dich um neue Leiden mühen
Und voll Ungeduld den Raum
Als der jüngste Stern durchglühen.

Vergänglichkeit

In allen guten, fruchtbaren, glühenden Zeiten seines Lebens, auch in der Jugend schon, hatte er seine Kerze an beiden Enden brennen gehabt, mit einem bald jubelnden, bald schluchzenden Gefühl von rasender Verschwendung, von Verbrennen, mit einer verzweifelten Gier, den Becher ganz zu leeren, und mit einer tiefen, verheimlichten Angst vor dem Ende. Oft schon hatte er so gelebt, oft schon den Becher geleert, oft schon lichterloh gebrannt. Zuweilen war das Ende sanft gewesen, wie ein tiefer bewußtloser Winterschlaf. Zuweilen auch war es schrecklich gewesen, unsinnige Verwüstung, unleidliche Schmerzen, Ärzte, trauriger Verzicht, Triumph der Schwäche. Und allerdings war von Mal zu Mal das Ende einer Glutzeit schlimmer geworden, trauriger, vernichtender. Aber immer war auch das überlebt worden, und nach Wochen oder Monaten, nach Qual oder Betäubung war die Auferstehung gekommen, neuer Brand, neuer Ausbruch der unterirdischen Feuer, neue glühendere Werke, neuer glänzender Lebensrausch. So war es gewesen, und die Zeiten der Qual und des Versagens, die elenden Zwischenzeiten, waren vergessen worden und untergesunken. Es war gut so ... So viel tausend

Dinge warteten, so viel tausend Becher standen eingeschenkt! Kein Ding auf der Erde, das man nicht hätte malen müssen! Keine Frau in der Welt, die man nicht hätte lieben müssen! Warum gab es Zeit? Warum immer nur dies idiotische Nacheinander, und kein brausendes, sättigendes Zugleich? Warum lag er jetzt wieder allein im Bett, wie ein Witwer, wie ein Greis? Das ganze kurze Leben hindurch konnte man genießen, konnte man schaffen, aber man sang immer nur Lied um Lied, nie klang die ganze volle Symphonie mit allen hundert Stimmen und Instrumenten zugleich.

Vor langer Zeit, im Alter von zwölf Jahren, war er Klingsor mit den zehn Leben gewesen. Es gab da bei den Knaben ein Räuberspiel, und jeder von den Räubern hatte zehn Leben, von denen er jedesmal eines verlor, wenn er vom Verfolger mit der Hand oder mit dem Wurfspeer berührt wurde. Mit sechs, mit drei, mit einem einzigen Leben konnte man noch davonkommen und sich befreien, erst mit dem zehnten war alles verloren. Er aber, Klingsor, hatte seinen Stolz darein gesetzt, sich mit allen, allen seinen zehn Leben durchzuschlagen, und es für eine Schande erklärt, wenn er mit neun, mit sieben davonkam. So war er als Knabe gewesen, in jener unglaublichen Zeit, wo nichts auf der Welt unmöglich, nichts auf der Welt schwierig war, wo alle Klingsor liebten, wo Klingsor allen befahl, wo alles Klingsor gehörte. Und so hatte er es weiter getrieben und immer mit zehn Leben gelebt. Und wenn auch nie die Sättigung, niemals die volle brausende Symphonie zu erreichen war – einstimmig und arm war sein Lied doch nicht gewesen, immer doch hatte er ein paar Saiten mehr auf seinem Spiel gehabt als andere, ein paar Eisen mehr im Feuer, ein paar Taler mehr im Sack, ein paar Rosse mehr am Wagen! Gott sei Dank! ...

Fiebernd schmolz die kurze Sommernacht hinweg, Dampf stieg aus der grünen Taltiefe, in hunderttausend Bäumen kochte der Saft, hunderttausend Träume quollen in Klingsors leichtem Schlummer auf, seine Seele schritt durch den Spiegelsaal seines Lebens, wo alle Bilder vervielfacht und jedesmal mit neuem Gesicht und neuer Bedeutung sich begegneten und neue Verbindungen eingingen, als würde ein Sternhimmel im Würfelbecher durcheinander geschüttelt ...

Es war die spätgoldene Stunde, noch glühte Licht des Tages überall, doch gewann der Mond schon Schimmer, und erste Fledermäuse schwammen in der grünen Flimmerluft. Ein Waldrand stand sanft im letzten Licht, helle Kastanienstämme vor schwarzen Schatten, eine gelbe Hütte strahlte leise das eingesogene Tageslicht von sich, sanftglühend wie ein gelber Topas, rosenrot und violett führten die kleinen Wege durch Wiesen, Reben und Wald, da und dort schon ein gelber Akazienzweig, der Westhimmel golden und grün über sammetblauen Bergen.

Oh, jetzt noch arbeiten zu können, in der letzten, verzauberten Viertelstunde des reifen Sommertages, der nie wieder kam! Wie namenlos schön war alles jetzt, wie ruhig, gut und spendend, wie voll von Gott! Klingsor setzte sich ins kühle Gras, griff mechanisch nach dem Bleistift und ließ die Hand lächelnd wieder sinken. Er war todmüde. Seine Finger betasteten das trockene Gras, die trockene mürbe Erde. Wie lange noch, dann war dies liebe erregende Spiel vorbei! Wie lange noch, dann hatte man Hand und Mund und Augen voll Erde! Thu Fu hatte ihm dieser Tage ein Gedicht gesandt, dessen erinnerte er sich und sagte es langsam vor sich hin*:

Wie viele hatte Klingsor noch von seinen zehn Leben? Drei? Zwei? Mehr als eines war es immer noch, immer noch mehr als ein braves, gewöhnliches Allerwelts- und Bürgerleben. Und viel hatte er ge-

* Siehe Hesses Handschrift des Gedichtes gegenüber.

Vergänglichkeit

Vom Baum des Lebens fällt
Mir Blatt um Blatt.
O taumelbunte Welt,
Wie machst du satt,
Wie machst du satt und müd,
Wie machst du trunken!
Was heut noch glüht,
Ist bald versunken.
Bald klirrt der Wind
Über mein schmales Grab,
Über das kleine Kind
Beugt sich die Mutter herab.
Ihre Augen will ich wiedersehn,
Ihr Blick ist mein Stern,
Alles andre mag gehn und verwehn,
Alles stirbt, alles stirbt gern.
Nur die ewige Mutter bleibt,
Von der wir kamen,
Ihr spielender Finger schreibt
In die flüchtige Luft
unsre Namen.

H Hesse

tan, viel gesehen, viel Papier und Leinwand bemalt, viele Herzen in Liebe und Haß erregt, in Kunst und Leben viel Ärgernis und frischen Wind in die Welt gebracht. Viel Frauen hatte er geliebt, viele Traditionen und Heiligtümer zerstört, viele neue Dinge gewagt. Viele volle Becher hatte er leergesogen, viele Tage und Sternennächte geatmet, unter vielen Sonnen gebrannt, in vielen Wassern geschwommen. Nun saß er hier, in Italien oder Indien oder China, der Sommerwind stieß launisch in die Kastanienkronen, gut und vollkommen war die Welt. Es war gleichgültig, ob er noch hundert Bilder malte oder zehn, ob er noch zwanzig Sommer lebte oder einen. Müde war er geworden, müde. Alles stirbt, alles stirbt gern. Braver Thu Fu!

Es war Zeit, nach Hause zu kommen. Er würde ins Zimmer wanken, vom Wind durch die Balkontür empfangen. Er würde Licht machen und seine Skizzen auspacken. Das Waldinnere mit dem vielen Chromgelb und Chinesischblau war vielleicht gut, es würde einmal ein Bild geben. Auf denn, es war Zeit.

Er blieb dennoch sitzen, den Wind im Haar, in der wehenden, beschmierten Leinenjacke, Lächeln und Weh im abendlichen Herzen. Weich und schlaff wehte der Wind, weich und lautlos taumelten die

Fledermäuse im erlöschenden Himmel. Alles stirbt, alles stirbt gern. Nur die ewige Mutter bleibt.

Er konnte auch hier schlafen, wenigstens eine Stunde, es war ja warm. Er legte den Kopf auf den Rucksack und sah in den Himmel. Wie ist die Welt schön, wie macht sie satt und müd!

Schritte kamen den Berg herab, kräftig auf losen hölzernen Sohlen. Zwischen den Farnen und Ginstern erschien eine Gestalt, eine Frau, schon waren die Farben ihrer Kleider nicht mehr zu erkennen. Sie kam näher, in gesundem, gleichmäßigem Tritt. Klingsor sprang auf und rief guten Abend. Sie erschrak ein wenig und blieb einen Augenblick stehen. Er sah ihr ins Gesicht. Er kannte sie, er wußte nicht, woher. Sie war hübsch und dunkel, hell blitzten ihre schönen, festen Zähne.

»Sieh da!« rief er und gab ihr die Hand. Er spürte, daß ihn etwas mit dieser Frau verband, irgendeine kleine Erinnerung. »Kennt man sich noch?«

»Madonna! Ihr seid ja der Maler von Castagnetta! Habt Ihr mich noch gekannt?«

Ja, jetzt wußte er. Sie war eine Bauernfrau vom Tavernetal, bei ihrem Hause hatte er einst, in der schon so schattentiefen und verwirrten Vergangenheit dieses Sommers, einige Stunden gemalt, hatte Wasser an ihrem Brunnen geschöpft, eine Stunde im

Schatten des Feigenbaumes geschlummert, und zum Schluß einen Becher Wein und einen Kuß von ihr bekommen. »Ihr seid nie mehr wiedergekommen«, klagte sie. »Ihr hattet es mir doch so sehr versprochen.«

Mutwille und Herausforderung klang in ihrer tiefen Stimme. Klingsor wurde lebendig.

»Ecco, desto besser, daß du nun zu mir gekommen bist! Was für ein Glück ich habe, grade jetzt, wo ich so allein und traurig war!«

»Traurig? Macht mir nichts vor, Herr, Ihr seid ein Spaßmacher, kein Wort darf man Euch glauben. Na, ich muß aber weiter.«

»Oh, dann begleite ich dich.«

»Es ist nicht Euer Weg und ist auch nicht nötig. Was soll mir passieren?«

»Dir nichts, aber mir. Wie leicht könnte einer kommen und dir gefallen und ginge mit dir und küßte deinen lieben Mund und deinen Hals und deine schöne Brust, ein andrer statt meiner. Nein, das darf nicht sein.«

Er hatte die Hand um ihren Nacken gelegt und ließ sie nicht mehr los.

»Stern, mein kleiner! Schatz! Meine kleine süße Pflaume! Beiß mich, sonst esse ich dich.«

Er küßte sie, die sich lachend zurückbog, auf den

offnen, starken Mund, zwischen Sträuben und Widerreden gab sie nach, küßte wieder, schüttelte den Kopf, lachte, suchte sich freizumachen. Er hielt sie an sich gezogen, seinen Mund auf ihrem, seine Hand auf ihrer Brust, ihr Haar roch wie Sommer, nach Heu, Ginster, Farnkraut, Brombeeren. Einen Augenblick tief Atem schöpfend, bog er den Kopf zurück, da sah er am verglühten Himmel klein und weiß den ersten Stern aufgegangen. Die Frau schwieg, ihr Gesicht war ernst geworden, sie seufzte, sie legte ihre Hand auf seine und drückte sie fester um ihre Brust. Er bückte sich sanft, drückte ihr den Arm in die Kniekehlen, die nicht widerstrebten, und bettete sie ins Gras.

»Hast du mich lieb?« fragte sie wie ein kleines Mädchen. »Povera me!«

Sie tranken den Becher, Wind strich über ihr Haar und nahm ihren Atem mit.

Ehe sie Abschied nahmen, suchte er im Rucksack, in seinen Rocktaschen, ob er ihr nichts zu schenken habe, fand eine kleine silberne Taschendose, noch halb voll von Zigarettentabak, die leerte er aus und gab sie ihr.

»Nein, kein Geschenk, gewiß nicht!« versicherte er. »Nur ein Andenken, daß du mich nicht vergißt.«

»Ich vergesse dich nicht«, sagte sie. Und: »Kommst du wieder?«

Er wurde traurig. Langsam küßte er sie auf beide Augen.

»Ich komme wieder«, sagte er.

Noch eine Weile hörte er, regungslos stehend, ihre Schritte auf den Holzsohlen bergabwärts klingen, über den Wiesengrund, durch den Wald, auf Erde, auf Fels, auf Laub, auf Wurzeln. Nun war sie fort. Schwarz stand der Wald in der Nacht, lau strich der Wind über die erloschene Erde. Irgend etwas, vielleicht ein Pilz, vielleicht ein welkes Farnkraut, roch scharf und bitter nach Herbst.

Voll Blüten

Voll Blüten steht der Pfirsichbaum,
Nicht jede wird zur Frucht,
Sie schimmern hell wie Rosenschaum
Durch Blau und Wolkenflucht.

Wie Blüten gehn Gedanken auf,
Hundert an jedem Tag –
Laß blühen! laß dem Ding den Lauf!
Frag nicht nach dem Ertrag!

Es muß auch Spiel und Unschuld sein
Und Blütenüberfluß,
Sonst wär die Welt uns viel zu klein
Und Leben kein Genuß.

Es ist nicht mehr Frühling in meinem Herzen. Es ist Sommer ... Meine trunkene Sehnsucht malt nicht mehr Traumfarben über die verschleierten Fernen, mein Auge ist zufrieden mit dem, was da ist, denn es hat sehen gelernt ... Ich bin begierig, reif zu werden. Ich bin bereit zu sterben, bereit wiedergeboren zu werden. Die Welt ist schöner geworden.

Man sagt von den Schwaben, daß sie erst mit vierzig Jahren gescheit werden, und die Schwaben selber, im Selbstvertrauen nicht stark, sehen das zuweilen als eine Art von Schande an. Es ist aber das Gegenteil, es ist eine große Ehre, denn die vom Sprichwort gemeinte Gescheitheit (sie ist nichts anderes als das, was junge Leute auch »Altersweisheit« nennen, das Wissen um die großen Antinomien, um das Geheimnis des Kreislaufs und der Bipolarität) dürfte auch unter den Schwaben, so begabt sie sind, sich recht selten schon bei Vierzigjährigen finden. Wenn man dagegen über die Mitte der Vierzig hinweg ist, man sei begabt oder nicht, dann stellt sich jene Weisheit oder Mentalität des Alterns ganz von selber ein, namentlich wenn noch das anhebende leibliche Altern mit allerlei Mahnungen und Beschwerden nachhilft . . .

Je steifer unsre Gebeine werden, desto dringender bedürfen wir einer elastischen, zweiseitigen, bipolaren Denkart.

Sommers Ende

Es war ein schöner, glänzender Hochsommer hier im Süden der Alpen, und seit zwei Wochen habe ich jeden Tag jene heimliche Angst um sein Ende gespürt, die ich als Beigabe und geheime stärkste Würze alles Schönen kenne. Vor allem fürchtete ich jedes leiseste Anzeichen eines Gewitters, denn von der Mitte des August an kann jedes Gewitter leicht ausarten, kann tagelang dauern, und dann ist es zu Ende mit dem Sommer, selbst wenn das Wetter sich wieder erholt. Gerade hier im Süden ist es beinah die Regel, daß dem Hochsommer durch ein solches Gewitter das Genick gebrochen wird, daß er rasch, lodernd und zuckend erlöschen und sterben muß. Dann, wenn die tagelangen wilden Zuckungen eines solchen Gewitters am Himmel vorüber sind, wenn die tausend Blitze, die unendlichen Donnerkonzerte, das wilde rasende Sichergießen der lauen Regenströme verrauscht und vergangen sind, blickt eines Morgens oder Nachmittags aus dem verkochenden Gewölk ein kühler, sanfter Himmel, von seligster Farbe, alles voll Herbst, und die Schatten in der Landschaft sind ein wenig schärfer und schwärzer, haben an Farbe verloren und an Umriß gewonnen, so wie ein Fünfzigjähriger, der gestern noch rüstig und frisch aussah, nach einer Krankheit, nach einem Leid, nach einer Enttäuschung plötzlich das Gesicht voll kleiner Fäden und in allen Falten die kleinen Zeichen der Verwitterung sitzen hat. Furchtbar ist solch letztes Sommergewitter, und grauenvoll der Todeskampf des Sommers, sein wilder Widerwille gegen das Sterbenmüssen, seine tolle schmerzliche Wut, sein Umsichschlagen und Bäumen, das doch alles vergeblich ist und nach einigem Toben hilflos erlöschen muß.

Dieses Jahr scheint der Hochsommer nicht jenes wilde, dramatische Ende zu nehmen (obwohl es noch immer möglich ist), er scheint diesmal den sanften, langsamen Alterstod sterben zu wollen. Nichts ist für diese Tage so charakteristisch, bei keinem andern Anzeichen empfinde ich diese besondere, unendlich schöne Art von Sommer-Ende so innig wie am späten Abend bei der Heimkehr von einem Gang oder von einem ländlichen Abendmahl: Brot, Käse, und Wein in einem der schattigen Waldkeller. Das Eigene an diesen Abenden ist die Verteilung der Wärme, das stille langsame Zunehmen der Kühle, des nächtlichen Taues und das stille, unendlich biegsame Fliehen und Sichwehren des Sommers. In tausend feinen Wellen macht dieser Kampf sich spürbar, wenn man zwei oder drei Stunden nach

Sonnenuntergang unterwegs ist. Dann sitzt in jedem dichten Walde, in jedem Gebüsch, in jedem Hohlweg die Tageswärme noch gesammelt und verkrochen, hält sich die ganze Nacht hindurch zäh am Leben, sucht jeden Hohlraum, jeden Windschutz auf. An der Abendseite der Hügel sind zu diesen Stunden die Wälder lauter große Wärmespeicher, rundum benagt von der Nachtkühle, und jede Bodensenkung, jeder Bachlauf nicht bloß, nein, auch jede Art und Dichtigkeit der Bewaldung drückt sich dem Wandernden genau und unendlich deutlich in den Abstufungen der Wärme aus. Genauso wie ein Skiläufer beim Durchfahren eines Berggeländes die ganze Bildung des Landes, jede Hebung und Senkung, jede Längs- und Seitenrippe der Gebirgsstruktur rein sinnlich in seinen wiegenden Knien spüren kann, so daß er nach einiger Übung aus diesem Knie-Gefühl das gesamte Bild eines Berghanges während der Abfahrt ablesen kann, so lese ich hier in der tiefen Dunkelheit der mondlosen Nacht aus den zarten Wärmewellen das Bild der Landschaft ab. Ich trete in einen Wald, schon nach drei Schritten von einer rasch zunehmenden Wärmeflut wie von einem sanft glühenden Ofen empfangen, ich finde diese Wärme mit der Dichtigkeit des Waldes anschwellen und abnehmen; jeder leere Bachlauf, der zwar längst kein Wasser mehr, aber doch in der Erde noch einen Rest von Feuchtigkeit bewahrt hat, kündigt sich durch ausstrahlende Kühle an. Zu jeder Jahreszeit sind ja die Temperaturen verschiedener Punkte eines Geländes verschieden, aber nur in diesen Tagen des Übergangs vom Hochsommer zum Frühherbst spürt man sie so stark und deutlich. Wie im Winter das Rosenrot der kahlen Berge, wie im Frühling die strotzende Feuchtigkeit von Luft und Pflanzenwuchs, wie beim ersten Sommerbeginn das nächtliche Schwärmen der Glühwürmer, so gehört gegen das Ende des Sommers dies merkwürdige nächtliche Gehen durch die wechselnden Wärmewogen zu den sinnlichen Erlebnissen, die am stärksten auf Stimmung und Lebensgefühl wirken. Wie doch gestern nacht, als ich vom Waldkeller nach Hause ging, dort bei der Mündung des Hohlweges gegen den Friedhof von Sant' Abbondio mir die feuchte Kühle der Wiesen und des Seetals entgegenschlug! Wie die wohlige Waldwärme zurückblieb und sich scheu unter den Akazien, Kastanien und Erlen verkroch! Wie der Wald sich gegen den Herbst, wie der Sommer sich gegen das Sterbenmüssen wehrte! So wehrt sich der Mensch in den Jahren, wo sein Sommer sinkt, gegen das Welken und Sterben, gegen die eindringende Kühle des Weltraums, gegen die eindringende

Kühle im eigenen Blut. Und mit erneuter Innigkeit gibt er sich den kleinen Spielen und Klängen des Lebens hin, den tausend holden Schönheiten seiner Oberfläche, den zärtlichen Farbenschauern, den huschenden Wolkenschatten, klammert sich lächelnd und angstvoll an das Vergänglichste, sieht seinem Sterben zu, schöpft Angst und schöpft Trost daraus, und lernt schaudernd die Kunst des Sterbenkönnens. Hier liegt die Grenze zwischen Jugend und Alter. Mancher hat sie schon mit vierzig Jahren oder früher überschritten, mancher spürt sie erst spät in den Fünfzigern oder Sechzigern. Aber es ist immer dasselbe: statt der Lebenskunst beginnt jene andere Kunst uns zu interessieren, statt der Bildung und Verfeinerung unserer Persönlichkeit beginnt deren Abbau und Auflösung uns zu beschäftigen, und plötzlich, beinah von einem Tag auf den anderen, empfinden wir uns als alt, empfinden wir die Gedanken, Interessen und Gefühle der Jugend als fremd. Diese Tage des Übergangs sind es, in welchen solche kleine zarte Schauspiele wie das Verglühen und Hinsterben eines Sommers uns ergreifen und bewegen können, uns das Herz mit Staunen und Schaudern erfüllen, uns zittern und lächeln machen.

Schon auch hat der Wald das Grün von gestern nicht mehr, und die Rebenblätter beginnen gelber zu scheinen, unter ihnen werden die Beeren schon blau und purpurn. Und die Berge haben gegen Abend das Violett, und der Himmel die smaragdenen Töne, die zum Herbst hinüberführen. Was dann? Dann wird es wieder zu Ende sein mit den Abenden im Grotto, und zu Ende mit den Badenachmittagen am See von Agno, und zu Ende mit dem Draußensitzen und Malen unter den Kastanienbäumen. Wohl dem, der dann eine Heimkehr zu geliebter und sinnvoller Arbeit, zu geliebten Menschen, zu irgendeiner Heimat hat! Wer das nicht hat, wem diese Illusionen zerbrochen sind, der kriecht alsdann vor der beginnenden Kälte ins Bett oder flieht auf Reisen, und sieht als Wanderer hier und dort den Menschen zu, welche Heimat haben, welche Gemeinschaft haben, welche an ihre Berufe und Tätigkeiten glauben, sieht ihnen zu, wie sie arbeiten, sich anstrengen und mühen, und wie über all ihrem guten Glauben und all ihrer Anstrengung langsam und ungesehen sich die Wolke des nächsten Krieges, des nächsten Umsturzes, des nächsten Untergangs zusammenzieht, nur den Müßiggängern, nur den Ungläubigen und Enttäuschten sichtbar – den Altgewordenen, die an Stelle des verlornen Optimismus ihre kleine, zärtliche Altersvorliebe für bittere Wahrheiten gesetzt haben. Wir Alten sehen zu, wie unterm Fahnenschwenken der Optimisten jeden Tag die Welt vollkommner wird, wie jede Nation sich immer göttlicher, immer fehlerloser, immer berechtigter zu Gewalt und frohem Angriff fühlt, wie in der Kunst, im Sport, in der Wissenschaft die neuen Moden und neuen Sterne auftauchen, die Namen glänzen, die Superlative aus den Zeitungen tropfen, und wie das alles glüht von Leben, von Wärme, von Begeisterung, von heftigem Lebenswillen, von berauschtem Nichtsterbenwollen. Woge um Woge glüht auf wie die Wärmewogen im Tessiner Sommerwald. Ewig und gewaltig ist das Schauspiel des Lebens, ohne Inhalt zwar, aber ewige Bewegung, ewige Abwehr gegen den Tod.

Manche gute Dinge stehen uns noch bevor, ehe es wieder in den Winter hinein geht. Die bläulichen Trauben werden weich und süß werden, die jungen Burschen werden bei der Ernte singen, und die jungen Mädchen in ihren farbigen Kopftüchern werden wie schöne Feldblumen im vergilbenden Reblaub stehen. Manche gute Dinge stehen uns noch bevor, und manches, was uns heute noch bitter scheint, wird uns einst süß munden, wenn wir erst die Kunst des Sterbens besser werden gelernt haben. Einstweilen warten wir noch auf das Reifwerden der Trauben, auf das Fallen der Kastanien, und hoffen, den nächsten Vollmond noch zu genießen, und werden zwar zusehends alt, sehen aber den Tod doch noch recht weit in der Ferne stehen. Wie ein Dichter gesagt hat:

Herrlich ist für alte Leute
Ofen und Burgunder rot,
Und zuletzt ein sanfter Tod –
Aber später, noch nicht heute!

Mit der Reife wird man immer jünger. Es geht auch mir so, obwohl das wenig sagen will, da ich das Lebensgefühl meiner Knabenjahre im Grund stets beibehalten habe und mein Erwachsensein und Altern immer als eine Art Komödie empfand.

Mir ist das Betonen oder Organisieren der Jugend nie sympathisch gewesen; es gibt eigentlich jung und alt nur unter Dutzendmenschen; alle begabten und differenzierteren Menschen sind bald alt, bald jung, so wie sie bald froh, bald traurig sind. Sache der Älteren ist es, freier, spielender, erfahrener, gütiger mit der eigenen Liebesfähigkeit zu verfahren, als Jugend es tun kann. Alter findet immer leicht die Jungen altklug. Aber Alter ahmt selber immer gern die Gebärden und Arten der Jugend nach, ist selber fanatisch, ist selber ungerecht, ist selber alleinseligmachend und leicht beleidigt. Alter ist nicht schlechter als Jugend, Lao Tse ist nicht schlechter als Buddha. Blau ist nicht schlechter als Rot. Alter wird nur gering, wenn es Jugend spielen will.

Das Altwerden an sich ist ja ein natürlicher Prozeß, und ein Mann von 65 oder 75 Jahren ist, wenn er nicht jünger sein will, durchaus ebenso gesund und normal wie einer von 30 oder 50. Aber man ist eben mit seinem eigenen Alter leider nicht immer auf einer Stufe, man eilt innerlich oft voraus, und noch öfter bleibt man hinter ihm zurück – das Bewußtsein und Lebensgefühl ist dann weniger reif als der Körper, wehrt sich gegen dessen natürliche Erscheinungen, und verlangt etwas von sich selber, was es nicht leisten kann.

Der Mann von fünfzig Jahren

Von der Wiege bis zur Bahre
Sind es fünfzig Jahre,
Dann beginnt der Tod.
Man vertrottelt, man versauert,
Man verwahrlost, man verbauert
Und zum Teufel gehn die Haare.
Auch die Zähne gehen flöten,
Und statt daß wir mit Entzücken
Junge Mädchen an uns drücken,
Lesen wir ein Buch von Goethen.

Aber einmal noch vor'm Ende
Will ich so ein Kind mir fangen,
Augen hell und Locken kraus,
Nehm's behutsam in die Hände,
Küsse Mund und Brust und Wangen,
Zieh ihm Rock und Höslein aus.
Nachher dann in Gottes Namen
Soll der Tod mich holen. Amen.

Beim Einzug in ein neues Haus

In ein neues Haus einziehen heißt nicht nur etwas Neues anfangen, sondern auch etwas Altes verlassen. Und wenn ich jetzt in unser neues Haus einziehe, so kann ich wohl dem Freunde, dessen Güte ich dies Haus verdanke, von Herzen dankbar sein, ich kann seiner und der anderen Freunde, die am Zustandekommen des Hauses und seiner Einrichtung mitgeholfen haben, in Dankbarkeit und erneuter Freundschaft gedenken. Über das neue Haus aber etwas zu sagen, es erzählend zu schildern, es zu preisen, ihm ein Lied zu singen, dazu wäre ich nicht imstande, denn wie soll man Worte setzen und Lieder singen beim ersten Schritt eines Neubeginns, wie soll man einen Tag vor seinem Abend loben? Wohl können wir bei der Einweihung des neuen Hauses Wünsche im Herzen hegen und unsere Freunde bitten, diese stillen Wünsche für die Zukunft des Hauses und unseres Lebens darin ebenfalls im Herzen zu tragen. Über dies Haus selbst jedoch etwas zu sagen, eine wirkliche Kunde von ihm zu geben, mich im Sinn eines Erlebnisses zu ihm zu stellen und zu bekennen, das vermöchte ich erst in Jahr und Tag.

Wohl aber kann und muß ich bei unserm Einzug

ins neue Haus jener anderen Häuser gedenken, welche in früheren Epochen meines Lebens mir Obdach geboten und mein Leben und meine Arbeit beschützt haben. Jedem von ihnen bin ich dankbar, jedes von ihnen bewahrt unzählige Erinnerungen für mich, und jedes hilft in meinem Gedächtnis dazu mit, der Zeit, in der ich es bewohnte, ein eigenes Gesicht zu geben. Darum, wie man bei einer seltenen Familienfeier wohl zuerst das Einstmals beschwört und der Verstorbenen gedenken mag, will ich heute all der Vorgänger unsres schönen Hauses mich erinnern, ihr Bild in mir wachrufen und den Freunden von ihnen erzählen.

Obwohl in charaktervollen alten Häusern aufgewachsen, war ich in meinen jungen Jahren doch zu wenig kultiviert, und vor allem zu sehr mit mir selbst beschäftigt, als daß ich dem Haus und der Wohnung, worin ich lebte, viel Aufmerksamkeit und Liebe zugewandt hätte. Zwar war es mir keineswegs gleichgültig, wie mein Wohnraum aussehe, aber wichtig war mir damals am Aussehen meines jeweiligen Zimmers bloß das, was ich selber zu diesem Aussehen beitrug. Es interessierten und erfreuten mich nicht die Dimensionen des Raumes, nicht die Wände, ihre Winkel, ihre Höhe, die Farben, die Fußböden und so weiter, es interessierte mich lediglich das, was ich selber ins Zimmer mitgebracht und aufgestellt, gehängt und geordnet hatte.

Die Art, wie ein zwölfjähriger träumerischer Knabe sein erstes eigenes Zimmer zu schmücken und auszuzeichnen sucht, hat mit Geschmack und Dekoration nichts zu tun; die Antriebe zu diesem Schmücken liegen viel tiefer als aller Geschmack. So habe auch ich einst als Zwölfjähriger, als ich zu meinem Stolz im geräumigen Vaterhaus zum erstenmal mein eigenes Zimmer bekam, den großen und hohen Raum in keiner Weise aufzuteilen und zu beherrschen, ihn durch Farben oder Anordnen der Möbelstücke schön und wohnlich zu machen versucht, sondern mich um die Aufstellung des Bettes, der Schränke und so weiter überhaupt nicht gekümmert, dagegen alle Aufmerksamkeit auf die paar Stellen der Stube gerichtet, die für mich nicht Gebrauchsgegenstände, sondern Heiligtümer waren. Die wichtigste dieser Stellen war mein Stehpult, ich hatte mir lange eins gewünscht und es jetzt bekommen, und an diesem Pult wieder war mir das Wichtigste der Hohlraum unter seinem schrägen Deckel, wo ich ein Arsenal von mehr oder weniger geheimen Trophäen einzurichten bestrebt war, von lauter Dingen, welche man nicht braucht und nicht kaufen kann, und welche für niemand als für mich selbst ihren Erinnerungswert und zum Teil auch ihre magischen Bedeutungen hatten. Es war darunter ein kleiner Tierschädel, dessen Herkunft ich nicht kannte, ferner getrocknete Baumblätter, eine Hasenpfote, ein brüchiges Stück dicken grünen Glases und manche andre solche Dinge, die lagen in der Dämmerung ihrer Höhle unter dem Pultdeckel verborgen, von niemand gesehen und gewußt als von mir, meine Besitztümer und meine Geheimnisse, und sie waren mir wertvoller als jeder andre Besitz. Nächst dieser geheimen Schatzkammer kam die obere Ebene des Stehpultes in Betracht, und hier handelte es sich schon nicht mehr um den engsten und eigensten Bezirk, hier spielte schon Dekoration, Aufmachung und auch Großtuerei mit hinein. Hier nämlich wollte ich nicht verbergen und hüten, sondern zeigen und prahlen, hier sollte es großartig und schön zugehen, außer Blumensträußen und Marmorstükken gab es hier Photographien und andre Bildchen zu sehen, und meine höchste Sehnsucht war, hier eine Plastik stehen zu haben, einerlei was für eine, aber etwas Plastisches, ein dreidimensionales Kunstwerk, irgendeine Figur oder einen Kopf, und so stark war dies Verlangen, daß ich einmal eine Mark gestohlen und mir für achtzig Pfennige die winzig kleine Büste des jungen Kaisers Wilhelm aus gebranntem Ton, ein wertloses Massenfabrikat, gekauft habe.

Übrigens war diese Sehnsucht des Zwölfjährigen auch beim Zwanzigjährigen noch vorhanden, und zu den ersten Sachen, die ich mir aus selbstverdientem Gelde kaufte, in Tübingen als Buchhändlerlehrling, gehörte ein schneeweißer Gipsabguß der Hermesbüste des Praxiteles. Ich würde ihn wahrscheinlich heut in keinem Zimmer ertragen, aber damals empfand ich noch beinah ebenso stark wie als Knabe mit meinem tönernen Kaiserbild den primitiven Zauber der Plastik, der körperlichen, greifbaren, abtastbaren Naturnachahmung. Ein wesentlicher Fortschritt des Geschmackes also ist kaum festzustellen, wenn auch freilich der Hermes ein edleres Gebilde war als jene Kaiserbüste. Auch muß ich sagen, daß ich damals, während meiner vier Tübinger Jahre, noch immer gegen Haus und Raum, in denen ich wohnte, sehr gleichgültig war. Mein Tübinger Zimmer in der Herrenberger Straße war alle die vier Jahre hindurch dasselbe, das meine Eltern mir bei meinem Eintritt besorgt hatten: ein nüchternes ödes Erdgeschoßzimmer in einem öden häßlichen Hause an einer reizlosen Straße. Obwohl für viel Schönes empfänglich, litt ich damals unter diesem Wohnen keineswegs. Allerdings war es ja auch eigentlich kein »Wohnen«, denn ich war von frühmorgens bis zum Abend fort, in der Buchhandlung, und wenn ich dann nach Hause kam, war es meistens schon dunkel, und ich hatte nach nichts Verlangen als nach Alleinsein, nach Freiheit, nach Lektüre und nach eigener Arbeit. Und unter einem »schönen« Zimmer verstand ich auch damals noch nicht einen schönen Raum, sondern einen geschmückten. An Schmuck ließ ich es denn nicht fehlen. An die Wände waren teils in großen Photographien, teils in kleinen Ausschnitten aus illustrierten Zeitschriften oder aus Verlagskatalogen mehr als hundert Bildnisse von Männern angenagelt, die ich aus irgendeinem Grunde bewunderte, und die Sammlung wuchs während jener Jahre beständig; ich erinnere mich noch wohl, wie ich seufzend die etwas teuren Preise für eine Photographie des jungen Gerhart Hauptmann bezahlte, dessen »Hannele« ich damals gelesen hatte, und für zwei Bilder von Nietzsche; das eine war das bekannte mit dem großen Schnurrbart und dem Blick etwas von unten herauf, das andre war die Photographie eines Ölbildes, das ihn als Kranken, mit ganz versunkenem und abwesendem Blick, darstellte, im Freien in einem Krankensessel hockend. Ich stand oft vor diesem Bilde. Außerdem war also der Hermes da, und die größte Wiedergabe eines Chopin-Bildnisses, die ich hatte auftreiben können. Außerdem war eine halbe Stubenwand, über dem Sofa, auf studentische Art mit einer Anordnung symmetrisch aufgehängter Tabakspfeifen dekoriert. Ein Stehpult hatte ich auch hier, und in seinem dunklen Hohlraume war noch immer Zauber, Geheimnis und Schatzkammer, war noch immer Zuflucht vor der nüchternen Außenwelt in ein magisches Reich; nur waren es jetzt nicht mehr Schädel, Hasenpfote, ausgehöhlte Roßkastanien und Glasstücke, sondern in Heften und auf vielen losen Papieren meine Gedichte, Phantasien und Aufsätze.

Von Tübingen kam ich, zweiundzwanzigjährig, im Herbst 1899 nach Basel, und dort erst geriet ich in ein ernsthaftes, lebendiges Verhältnis zur bildenden Kunst: während meine Tübinger Zeit, soweit sie mir gehörte, ausschließlich literarischen und intellektuellen Eroberungen gewidmet gewesen war, vor allem der wie berauschten oder besessenen Beschäftigung mit Goethe und dann mit Nietzsche, ging mir in Basel auch das Auge auf, ich wurde ein aufmerksamer und bald auch ein wissender Betrachter von Architekturen und Kunstwerken. Der kleine Kreis von Menschen in Basel, der mich damals aufnahm und bilden half, war ganz durchtränkt vom Einfluß Jacob Burckhardts, der erst vor kurzem gestorben war, und der dann in der zweiten Hälfte meines Lebens allmählich jene Stelle einnehmen sollte, welche vorher Nietzsche gehört hatte. Während meiner Basler Jahre machte ich denn auch zum erstenmal den Versuch, geschmackvoll und würdig zu wohnen, indem ich mir ein originelles hübsches Zimmer in einem Altbasler Hause mietete, ein Zimmer mit großem alten Kachelofen, ein Zimmer mit Vergangenheit. Ich hatte damit aber kein Glück; das Zimmer war wunderschön, aber es wurde niemals warm, obwohl der alte Ofen große Mengen Holz verschlang, und unter seinen Fenstern fuhren durch die scheinbar so ruhige Gasse morgens von drei Uhr an die Milch- und Marktwagen vom Albantor her über das Steinpflaster mit einem Höllenlärm und raubten mir den Schlaf; geschlagen floh ich nach einiger Zeit aus dem schönen Zimmer in eine moderne Vorstadt.

Und erst jetzt beginnt die Zeit meines Lebens, in der ich nicht mehr zufällige und oft gewechselte Zimmer, sondern Häuser bewohnte, und in welcher diese Häuser mir lieb und wichtig wurden. In den Jahren zwischen meiner ersten Heirat im Jahre 1904 und meinem Einzug in die Casa Bodmer im Jahre 1931 habe ich vier verschiedene Häuser bewohnt, und eines von ihnen selber gebaut. An sie alle muß ich heute denken. In ein häßliches oder auch nur gleichgültiges Haus wäre ich jetzt nicht mehr gezogen; ich hatte viel alte Kunst gesehen, war zweimal in Italien gewesen, und auch sonst hatte mein Leben sich verändert und bereichert: zugleich mit dem Abschied von meinem bisherigen Berufe beschloß ich zu heiraten und beschloß zugleich, künftig ganz auf dem Lande zu leben. An diesen Entschlüssen sowohl wie an der Wahl der Orte und Häuser, in welchen wir künftig lebten, hatte meine erste Frau großen Anteil. Entschlossen zu einem einfachen, ländlichen, gesunden und möglichst bedürfnislosen Leben, legte sie doch großen Wert darauf, bei aller Einfachheit sehr schön zu wohnen, das heißt in schöner Landschaft mit schöner Aussicht, und in schönen, das heißt in charaktervollen, würdigen, nicht gleichgültigen Häusern. Ihr Ideal war das halb bäurische, halb herrschaftliche Landhaus, mit moosigem Dach, geräumig, unter uralten Bäumen, womöglich mit einem rauschenden Brunnen vor dem Tor. Ich selbst hatte ganz ähnliche Vorstellungen und Wünsche und stand in diesen Dingen auch unter Mias Einfluß. So war uns das, was wir zu suchen hatten, etwa vorgezeichnet. Zunächst suchten wir in der Nähe von Basel da und dort in hübschen Dörfern, dann trat durch meinen ersten Besuch bei Emil Strauß in Emmishofen auch der Bodensee in unsern

Gesichtskreis, und zuletzt entdeckte, während ich zu Hause in Calw bei Vater und Schwestern saß und »Unterm Rad« schrieb, meine Frau das badische Dorf Gaienhofen am Untersee, und darin ein leerstehendes Bauernhaus, an einem kleinen stillen Platz gegenüber der Dorfkapelle. Ich war einverstanden, und wir mieteten das Bauernhaus für einen Mietzins von hundertfünfzig Mark im Jahr, was uns selbst dort und damals wohlfeil erschien. Dort begannen wir uns im September 1904 einzurichten, anfangs mit Enttäuschungen und Schwierigkeiten, mit langem Warten auf die ausbleibenden Möbel und Betten, die aus Basel kommen sollten und die wir Tag um Tag mit dem von Schaffhausen kommenden Morgenschiff erwarteten. Dann ging es vorwärts, und unser Eifer wuchs. Wir strichen das rohe Dachgebälk in den Stuben des obern Stockwerks dunkelrot, die beiden unteren Stuben, die hübschesten des Hauses, hatten alte Wandverkleidungen von unbemaltem Tannenholz, und neben dem gediegenen Ofen war eine sogenannte »Kunst«: ein Stück Wand war dort, oberhalb einer rohen Sitzbank, mit grünen alten Kacheln bekleidet, die vom Herdfeuer der Küche her erwärmt wurden. Hier war der Lieblingsplatz unsrer ersten Katze, des schönen Katers Gattamelata. Dies also war mein erstes Haus. Eigentlich freilich hatten wir bloß die Hälfte des Hauses gemietet, die andre Hälfte bestand aus Scheune und Stall, die der Bauer zur eigenen Verwendung behielt. Der Wohnteil des Fachwerkhauses bestand unten aus einer Küche und zwei Stuben, deren größere mit dem großen Kachelofen unser Wohn- und Speisezimmer war, rohe Holzbänke liefen der halben Wand entlang, es war dort warm und behaglich zwischen den Holzwänden. Das kleinere Zimmer daneben war das meiner Frau, dort stand ihr Klavier und Schreibtisch. Eine primitive Brettertreppe führte ins obere Geschoß. Dort war, dem Wohnzimmer unten entsprechend, ein großer Raum mit zwei Fenstern über Eck, aus denen an der Kapelle vorbei Stücke der Seelandschaft zu sehen waren; dies war mein Studierzimmer, darin stand der große Schreibtisch, den ich mir hatte bauen lassen und den ich als einziges Stück von damals noch heute habe, auch ein Stehpult stand wieder darin, und alle Wände voll von Büchern. Trat man ein, so mußte man auf die hohe Balkenschwelle achten; wer das außer acht ließ, stieß sich in der niedrigen Türe den Kopf an, es ist manchem passiert. Der junge Stefan Zweig mußte bei seinem Besuch sich erst eine Viertelstunde hinlegen und erholen, ehe er sprechen konnte, er war zu rasch und enthusiastisch eingetreten, als daß ich ihn noch vor der Schwelle hätte warnen können. Daneben waren auf diesem Boden noch zwei Schlafzimmer, und darüber ein großer Dachboden. Ein Garten war nicht bei diesem Hause, nur ein kleiner Grasfleck mit zwei, drei geringen Obstbäumen, dazu grub ich dem Hause entlang eine Rabatte und pflanzte Johannisbeersträucher und einige Blumen hinein.

In diesem Haus habe ich drei Jahre gewohnt, während dieser Zeit ist mein erster Sohn zur Welt gekommen und sind viele Gedichte und Erzählungen entstanden. Im »Bilderbuch« und anderwärts findet sich manche Schilderung aus unsrem damaligen Leben. Etwas, was kein späteres Haus mehr zu geben hatte, macht dieses Bauernhaus mir lieb und einzigartig: Es war das erste! Es war die erste Zuflucht meiner jungen Ehe, die erste legitime Werkstatt meines Berufes, hier zum erstenmal hatte ich das Gefühl von Seßhaftigkeit, und eben darum auch zuweilen das Gefühl der Gefangenschaft, des Verhaftetseins an Grenzen und Ordnungen; hier zum erstenmal ließ ich mich auf den hübschen Traum ein, mir an einem Orte eigener Wahl etwas wie Heimat schaffen und erwerben zu können. Und es geschah mit geringen und primitiven Mitteln. Nagel um Nagel in diesen Stuben habe ich selber eingeschlagen, und es waren nicht gekaufte Nägel, sondern die Kistennägel von unsrem Umzug, die ich Stück für Stück auf unsrer steinernen Hausschwelle geradegeklopft hatte. Ich habe die klaffenden Ritzen im Obergeschoß ausgestopft, mit Werg und mit Papier, und rote Farbe drüber gestrichen, ich habe in dem schlechten Boden bei der Hauswand gegen Trockenheit und Schatten um die paar Blumen gekämpft. Das Einrichten dieses Hauses war mit dem schönen Pathos der Jugend geschehen, mit dem Gefühl eigenster Verantwortlichkeit für unser Tun, und mit dem Gefühl, es sei fürs ganze Leben. Dazu hatten wir auch den Versuch gemacht, in dieser bäuerlichen Hütte ein ländliches, einfach-aufrichtiges, natürliches, unstädtisches und unmodisches Leben zu führen. Die Gedanken und Ideale, die uns dabei führten, waren ebenso verwandt mit denen Ruskins und Morris', wie mit denen von Tolstoi. Zum Teil war es geglückt, zum Teil mißlungen, aber es war uns beiden mit allem Ernst gewesen, es war alles in Treue und mit Hingabe getan worden …

Von unsrem Bauernhaus nahmen wir einen langsamen und leichten Abschied, denn wir hatten beschlossen, uns nun selber ein Haus zu bauen. Es hatten sich dafür verschiedene Gründe eingefunden. Erstens waren unsre äußeren Verhältnisse günstig, und bei dem einfach-sparsamen Leben, das wir führten, war jedes Jahr Geld zurückgelegt worden. Dann hatten wir schon lange Sehnsucht nach einem richtigen Garten, und nach einer freieren und höheren Lage mit weiter Aussicht. Auch war meine Frau viel krank gewesen, und es war ein Kind da, und solche Luxuseinrichtungen wie eine Badewanne und ein Badeofen schienen uns jetzt nicht mehr so ganz entbehrlich wie vor drei Jahren. Und, so dachten und sprachen wir, wenn unsre Kinder nun hier auf dem Lande aufwuchsen, so war es schöner und richtiger, wenn sie es auf eigenem Grund und Boden, im eigenen Haus, im Schatten eigener Bäume tun konnten. Ich weiß nicht mehr, wie wir diese Auffassung vor uns selber begründeten, ich erinnere mich nur daran, daß es uns wirklich Ernst damit war. Vielleicht stand dahinter nichts als häuslicher Bürgersinn, obwohl der bei uns beiden nie stark gewesen war – aber am Ende waren wir durch die fetten Jahre erster Erfolge verdorben; oder aber spukte auch da so ein Bauerntum-Ideal mit hinein? Ich fühlte mich meiner Bauernideale zwar niemals sicher, auch schon damals nicht, aber von Tolstoi her und auch von Jeremias Gotthelf her, und gespeist aus einer damals in Deutschland ziemlich lebhaften Regung von Stadtflucht und Landleben mit moralisch-künstlerischer Begründung lebten nun eben diese hübschen, aber unklar formulierten Glaubensartikel in unsern Köpfen, wie sie auch im »Peter Camenzind« zum Ausdruck kamen. Ich weiß nicht mehr genau, was ich damals unter dem Wort »Bauer« verstand. Heute jedenfalls glaube ich nichts gewisser zu wissen, als daß ich das genaue Gegenteil eines Bauern bin, nämlich (dem angeborenen Typus nach) ein Nomade, ein Jäger, ein Unseßhafter und Einzelgänger. Nun, damals dachte ich im Grunde wahrscheinlich gar nicht viel anders als heute, aber statt des Gegensatzes »Bauer – Nomade« sah und formulierte ich damals eben den Gegensatz »Bauer – Städter«, und verstand unter Bauerntum nicht bloß die Stadtferne, sondern vor allem die Naturnähe und die Sicherheit, die ein nicht von Vernunftsätzen, sondern von Instinkten geleitetes Leben auszeichnet. Daß mein ländliches Ideal selber nur ein Vernunftsatz war, störte mich dabei nicht. Unsre Neigungen haben ja stets eine erstaunliche Begabung, sich als Weltanschauungen zu maskieren. Der Fehler meines Gaienhofener Lebens war denn auch nicht der, daß ich falsche Gedanken über Bauerntum und so weiter hegte, sondern daß ich zum Teil mit meinem Bewußtsein etwas ganz andres wollte und anstrebte, als meine wirklichen Triebe meinten. Wie weit ich dabei Ideen und Wünsche meiner Frau Mia über mich herrschen ließ, kann ich nicht sagen, ihr Einfluß in jenen ersten Jahren war aber, wie ich erst im Zurückblicken sehe, stärker als ich zugegeben hätte.

Kurz, es war beschlossen worden, Land zu kaufen und zu bauen. Ein von Basel her befreundeter Architekt, Hindermann, war zur Verfügung, die Schwiegereltern gaben den größten Teil der Bausumme als Darlehen, Land war überall billig zu kaufen, ich glaube, der Quadratmeter kostete etwa zwei oder drei Groschen. So haben wir in unsrem vierten Bodenseejahr ein Grundstück gekauft und ein hübsches Haus darauf gebaut. Wir wählten einen Platz weit außerhalb des Dorfes, mit freier Aussicht über den Untersee. Man sah das Schweizer Ufer, die Reichenau, den Konstanzer Münsterturm und dahinter ferne Berge. Das Haus war bequemer und größer als das verlassene, es war Raum darin für Kinder, Magd, Gast; Schränke und Truhen wurden eingebaut, und wir brauchten das Wasser nicht mehr wie bisher vom Brunnen her zu tragen, es gab eine Wasserleitung im Haus, und unterm Boden einen Wein- und Obstkeller und eine Dunkelkammer für die Photographien meiner Frau, und noch dies und jenes Hübsche und Angenehme. Nachdem wir eingezogen waren, gab es auch Enttäuschungen und Sorgen, die Senkgrube war häufig verstopft, und in der Küche blieb das Altwasser im Schüttstein stehen und drohte überzulaufen, während ich mit dem herbeigeholten Baumeister vor dem Hause auf dem Bauche lag und mit Ruten und Drähten in den wieder aufgegrabenen Ablaufröhren wühlte. Das Ganze aber bewährte sich und machte uns Freude, und wenn auch unser tägliches Leben ebenso einfach geführt wurde wie vorher, so gab es doch eine Menge von kleinem Luxus, den ich mir nie hätte träumen lassen. In meinem Arbeitszimmer war eine Bibliothek eingebaut und ein großer Mappenschrank. An allen Wänden drängten sich die Bilder, wir hatten jetzt manche Künstlerfreunde, kauften einiges und bekamen andres geschenkt. In den Räumen des weggezogenen Max Bucherer wohnten jetzt im Sommer zwei Maler aus München, Blümel und Renner, die wir gernhatten und mit denen ich noch heut befreundet bin ...

Beinahe wichtiger als das Haus wurde mir der Garten. Einen eigenen Garten hatte ich noch nie gehabt, und aus meinen ländlichen Grundsätzen ergab sich von selbst, daß ich ihn selber anlegen, bepflanzen und pflegen mußte, und das habe ich denn auch manche Jahre lang getan. Ich baute im Garten einen Schuppen für das Brennholz und das Gartengerät, ich steckte gemeinsam mit einem mich beratenden

Bauernsohn Wege und Beete ab, pflanzte Bäume, Kastanien, eine Linde, eine Katalpe, eine Buchenhecke und eine Menge von Beerensträuchern und schönen Obstbäumen. Die Obstbäumchen wurden im Winter von den Hasen und Rehen abgenagt und zerstört, alles andre gedieh recht schön, und wir hatten damals die Erdbeeren und Himbeeren, den Blumenkohl, die Erbsen und den Salat im Überfluß. Daneben legte ich eine Dahlienzucht an, und eine lange Allee, wo zu beiden Seiten des Weges einige hundert Sonnenblumen von exemplarischer Größe wuchsen und zu ihren Füßen viele Tausende von Kapuzinern in allen Tönen von Rot und Gelb. Mindestens zehn Jahre lang habe ich, in Gaienhofen und in Bern, allein und eigenhändig meine Gemüse und Blumen gepflanzt, meine Beete gedüngt und begossen, die Wege von Unkraut befreit, habe all unser vieles Brennholz selber gesägt und gespalten. Es war schön und lehrreich, und wurde doch am Ende zu einer schweren Sklaverei. Das Bauernspielen war hübsch, solang es ein Spiel war: als es sich zur Gewohnheit und Pflicht ausgewachsen hatte, war die Freude daran vorüber. Hugo Ball hat, nach meinen sehr sparsamen Auskünften, den Sinn dieses Gaienhofener Umweges in seinem Buch gut herausgeschält, wenn auch ein wenig zu kahl und zu wenig gerecht gegen Freund Finckh. Es war mehr Wärme dabei und mehr Unschuld im Spiel, als er ahnen läßt. Wie sehr übrigens unsre Seele das Bild der Umwelt bearbeitet, verfälscht oder vielmehr korrigiert, und wie sehr die Erinnerungsbilder unsres Lebens von innen her beeinflußt werden, das zeigt mir meine Erinnerung an das zweite Gaienhofener Haus beschämend deutlich. Ich habe vom Garten dieses Hauses heute noch die genaueste Vorstellung, und im Hause selbst sehe ich mein Studierzimmer und dessen geräumigen Balkon deutlich mit allen Einzelheiten, ich könnte noch von jedem Buch die Stelle nennen, die es einnahm. Dagegen ist meine Vorstellung von den übrigen Räumen schon heute, zwanzig Jahre nachdem ich das Haus verlassen, merkwürdig unscharf geworden.

Nun waren wir also richtig für Lebenszeiten eingerichtet und angesiedelt, friedlich stand vor unsrer Haustür der einzige große Baum unsres Grundstücks, ein alter gewaltiger Birnbaum, unter den ich eine Lattenbank gezimmert hatte, fleißig bestellte ich meinen Garten, pflanzte und schmückte, und schon kam mein ältestes Söhnchen mir im Garten spielend mit seinem Kinderspaten nach. Aber die Ewigkeit, für die wir gebaut hatten, dauerte nicht lange. Ich hatte Gaienhofen erschöpft, es war dort kein Leben mehr für mich, ich reiste nun häufig für kurze Zeiten weg, die Welt war so weit da draußen, und fuhr schließlich sogar nach Indien, im Sommer 1911. Die heutigen Psychologen, der Schnoddrigkeit beflissen, nennen so etwas eine »Flucht«, und natürlich war es unter andrem auch dies. Es war aber auch ein Versuch, Distanz und Überblick zu gewinnen. Im Sommer 1911 fuhr ich nach Indien und kam ganz am Ende des Jahres zurück. Aber das alles genügte nicht. Mit der Zeit fanden sich zu den verschwiegenen inneren Gründen unsrer Unzufriedenheit auch die äußern, die zwischen Mann und Frau leicht diskutierbaren: ein zweiter und dritter Sohn war geboren, der älteste wurde schulpflichtig, meine Frau empfand zuweilen Heimweh nach der Schweiz und auch nach der Nähe einer Stadt, nach Freunden und nach Musik, und allmählich gewöhnten wir uns daran, unser Haus als verkäuflich und unser Gaienhofener Leben als eine Episode zu betrachten. Im Jahre 1912 wurde die Sache reif, es fand sich ein Käufer für das Haus.

Der Ort, an den wir jetzt ziehen wollten, nach acht Gaienhofener Jahren, war Bern. In die Stadt selbst wollten wir zwar nicht ziehen, das wäre uns wie Verrat an unsern Idealen vorgekommen, aber wir wollten in der Nähe von Bern ein stilles ländliches Haus suchen, etwa ein ähnliches wie das wunderschöne alte Landgut, das mein Freund Albert Welti, der Maler, seit einigen Jahren bewohnte. Ich hatte ihn mehrmals in Bern besucht, und sein hübsches, leicht verwahrlostes Haus und Gütchen weit draußen vor der Stadt hatte mir sehr gefallen. Und wenn meine Frau ohnehin, aus Jugenderinnerungen her, eine große Liebe für Bern und Bernertum und alte Berner Landsitze hatte, so war für mich der Umstand, dort einen Freund wie Welti zu wissen, mitbestimmend, als ich mich für Bern entschied.

Als es aber soweit war und wir wirklich vom Bodensee nach Bern umzogen, da sah schon alles wieder anders aus. Ein paar Monate vor unsrer Übersiedlung nach Bern waren Freund Welti und seine Frau rasch hintereinander gestorben, ich war zu seinem Begräbnis in Bern gewesen, und da hatte es sich ergeben, daß es, wenn wir nun schon nach Bern ziehen wollten, das beste wäre, Weltis Haus zu übernehmen. Wir wehrten uns innerlich gegen diese Nachfolgerschaft, es roch uns zu sehr nach Tod, wir suchten auch nach einem andern Unterkommen in der Nähe Berns, aber es fand sich nichts, was uns gefallen hätte. Das Weltihaus war nicht Weltis Eigentum gewesen, es gehörte einer Berner Patrizierfamilie, und wir konnten Weltis Miete übernehmen, zusammen mit einigem Hausrat und mit Weltis Wolfshündin Züsi, die ebenfalls bei uns blieb. Das Haus am Melchenbühlweg bei Bern, oberhalb von Schloß Wittigkofen, war nun eigentlich in jeder Hinsicht die Verwirklichung unsrer alten, seit den Basler Zeiten mehr und mehr befestigten Vorstellung von einem idealen Hause für Leute von unsrer Art. Es war ein Landhaus im Berner Stil mit dem runden Berner Giebel, der an diesem Haus durch seine starke Unregelmäßigkeit etwas besonders Gewinnendes an sich hatte, ein Haus, das aufs angenehmste und in einer wie für uns eigens ausgesuchten Mischung bäuerliche und herrschaftliche Merkmale vereinigte, halb primitiv, halb vornehm-patrizisch, ein Haus aus dem siebzehnten Jahrhundert, mit Anbauten und Einbauten aus der Empirezeit, inmitten ehrwürdiger uralter Bäume, von einer riesigen Ulme ganz überschattet, ein Haus voll wunderlicher Winkel und Versponnenheiten, manchmal behaglicher, manchmal spukhafter Art. Es gehörte dazu ein großes Stück Bauernland mit Bauernhaus, die waren an einen Pächter vergeben, von welchem wir die Milch fürs Haus und den Mist für den Garten bekamen. Zu unsrem Garten, der gegen Süden vom Hause abwärts streng symmetrisch mit Steintreppen in zwei Terrassen angelegt war, gehörten schöne Obstbäume und gehörte auch noch, zweihundert Schritt etwa vom Wohnhaus entfernt, ein sogenanntes »Boskett«, ein Wäldchen aus ein paar Dutzend alten Bäumen, darunter herrlichen Buchen, das auf einem kleinen Hügel lag und die Gegend beherrschte. Hinter dem Hause rauschte ein hübscher steinerner Brunnen, die große Veranda nach Süden war von einer riesigen Glyzine umwachsen, von dort blickte man über die Nachbarschaft und viele Waldhügel auf die Berge, deren Kette man vom Thuner Vorberggebiet bis zum Wetterhorn alle sah, die großen Berge der Jungfraugruppe in der Mitte. Haus und Garten sind ziemlich ähnlich geschildert in meinem Romanfragment »Das Haus der Träume«, und der Titel dieser unvollendeten Dichtung ist eine Erinnerung an meinen Freund Albert Welti, der eins seiner merkwürdigsten Bilder so genannt hatte. Und innen in diesem Hause gab es mancherlei interessante und schätzenswerte Dinge: hübsche alte Kachelöfen und Möbel und Beschläge, elegante französische Pendülen unter Glasglocken, alte hohe Spiegel mit grünlichem Glas, in dem man wie ein Ahnenbild aussah, ein marmorner Kamin, in dem ich an jedem Herbstabend Feuer brannte.

Kurz, es war alles, wie wir es nicht besser hätten ausdenken können – und war trotzdem schon von Anfang an verschattet und unglücklich. Daß diese unsre neue Existenz mit dem Tod der beiden Weltis begonnen hatte, war wie ein Vorzeichen. Dennoch genossen wir zu Anfang die Vorzüge des Hauses, die unvergleichliche Aussicht, den Sonnenuntergang überm Jura, das gute Obst, die alte Stadt Bern, in der wir einige Freunde hatten und gute Musik hören konnten, nur war alles ein wenig resigniert und gedämpft; erst manche Jahre später hat meine Frau mir einmal gesagt, daß sie von Anfang an in dem alten Hause, von dem sie doch gleich mir entzückt schien, oft Angst und Bedrückung, ja etwas wie Furcht vor plötzlichem Tod und vor Gespenstern fühlte. Es kam nun langsam der Druck heran, der mein bisheriges Leben verändert und zum Teil vernichtet hat. Es kam, nicht ganz zwei Jahre nach unsrer Übersiedlung, der Weltkrieg, es kam für mich die Zerstörung meiner Freiheit und Unabhängigkeit, es kam die große moralische Krise durch den Krieg, die mich zwang, mein ganzes Denken und meine ganze Arbeit neu zu begründen, es kam das jahrelange schwere Kranksein unsres jüngsten, dritten Söhnchens, es kamen die ersten Vorboten der Gemütskrankheit meiner Frau – und während ich durch den Krieg amtlich überanstrengt und moralisch immer mehr verzweifelt war, bröckelte langsam alles das zusammen, was bis dahin mein Glück gewesen war.

In der spätern Kriegszeit saß ich in dem abgelegenen Hause, das kein elektrisches Licht hatte, oft ohne Petroleum im Finstern, allmählich ging unser Geld verloren, und schließlich, nach langen bösen Zeiten, kam die Krankheit meiner Frau zum Ausbruch, sie war lange Zeit in Heilanstalten; im verwahrlosten, viel zu großen Berner Hause war der Haushalt kaum mehr aufrechtzuerhalten, die Kinder mußte ich in Pension weggeben, lange Monate saß ich mit einer treu gebliebenen Magd ganz allein in dem verödeten Haus, und wäre längst fortgegangen, wenn mein Kriegsamt mir das erlaubt hätte.

Endlich, als im Frühling 1919 auch dies Amt zu Ende und ich wieder frei war, verließ ich das verzauberte Haus in Bern, in dem ich nun beinahe sieben Jahre gewohnt hatte. Der Abschied von Bern fiel mir im übrigen nicht mehr schwer. Es war mir klargeworden, daß es moralisch nur noch eine Existenzmöglichkeit für mich gab: meine literarische Arbeit allem andern voranzustellen, nur noch in ihr zu leben und weder den Zusammenbruch der Familie noch die schwere Geldsorge, noch irgendeine andre Rücksicht mehr ernst zu nehmen. Gelang es nicht, so war ich verloren. Ich fuhr nach Lugano, saß einige Wochen in Sorengo und suchte, dann fand ich in Montagnola die Casa Camuzzi, und zog dort im

Mai 1919 ein. Aus Bern ließ ich nur meinen Schreibtisch und meine Bücher kommen, im übrigen lebte ich mit gemieteten Möbeln. In diesem letzten meiner bisherigen Häuser blieb ich zwölf Jahre wohnen, die ersten vier Jahre ganz, von da an nur noch in den wärmeren Jahreszeiten.

Dies schöne wunderliche Haus, von dem ich jetzt Abschied nehme, hat mir viel bedeutet, und war in mancher Hinsicht das originellste und hübscheste von allen denen, die ich je besaß oder bewohnte. Freilich besaß ich hier gar nichts, und bewohnte auch nicht das Haus, sondern nur eine kleine Wohnung von vier Stuben als Mieter, ich war kein Hausherr und Familienvater mehr, der ein Haus und Kinder und Dienstboten hat, seinem Hunde ruft und seinen Garten pflegt; ich war jetzt ein kleiner abgebrannter Literat, ein abgerissener und etwas verdächtiger Fremder, der von Milch und Reis und Makkaroni lebte, seine alten Anzüge bis zum Ausfransen austrug und im Herbst sein Abendessen in Form von Kastanien aus dem Walde heimbrachte. Aber das Experiment, um das es ging, ist geglückt, und trotz allem, was auch diese Jahre schwer gemacht hat, sind sie schön und fruchtbar gewesen. Wie aus Angstträumen aufgewacht, aus Angstträumen, die Jahre gedauert hatten, sog ich die Freiheit ein, die Luft, die Sonne, die Einsamkeit, die Arbeit. Ich schrieb noch in diesem ersten Sommer hintereinander den »Klein und Wagner« und den »Klingsor«, und entspannte damit mein Inneres so weit, daß ich im folgenden Winter den »Siddhartha« beginnen konnte. Ich war also nicht zugrunde gegangen, ich hatte mich nochmals zusammengerafft, ich war noch der Arbeit, der Konzentration fähig; die Kriegsjahre hatten mich nicht, wie ich halb gefürchtet hatte, geistig umgebracht. Materiell hätte ich jene Jahre nicht zu überdauern und meine Arbeit nicht zu leisten vermocht, wären nicht mehrere Freunde mir immer wieder treulich beigestanden. Ohne die Unterstützung durch den Freund in Winterthur und die lieben Siamesen wäre es nicht gegangen, und einen besonders großen Freundesdienst hat mir Cuno Amiet geleistet, als er meinen Sohn Bruno zu sich nahm.

Und so habe ich also die letzten zwölf Jahre in der Casa Camuzzi gewohnt, Garten und Haus kommen im »Klingsor« und in anderen meiner Dichtungen vor. Manche Dutzendmale habe ich dies Haus gemalt und gezeichnet, und bin seinen verzwickten launischen Formen nachgegangen; namentlich in den beiden letzten Sommern, zum Abschied, habe ich vom Balkon, von den Fenstern, von der Terrasse aus noch alle Blicke gezeichnet, und viele von den wunderlich schönen Winkeln und Gemäuern im Garten. Mein Palazzo, Imitation eines Barock-Jagdschlosses, der Laune eines Tessiner Architekten vor etwa fünfundsiebzig Jahren entsprungen, hat außer mir noch eine ganze Reihe von Mietern gehabt, aber keiner ist so lange geblieben wie ich, und ich glaube, keiner hat ihn so geliebt (auch belächelt) und ihn sich so zur Wahlheimat werden lassen wie ich. Aus einer ungewöhnlich üppigen und munteren Baulust entstanden, im lustvollen Überwinden großer Terrainschwierigkeiten, hat dieser halb feierliche, halb drollige Palazzo ganz verschiedene Ansichten. Das Portal des Hauses führt pompös und theatralisch eine fürstliche Treppe hinab in den Garten, der in viele Terrassen mit Treppen, Böschungen und Mauern sich bis in eine Schlucht hinab verliert und in dem alle südlichen Bäume in alten, großen Prachtexemplaren vorkommen, ineinander verwachsen, von Glyzinen und Clematis überwuchert. Für das Dorf selbst liegt das Haus fast ganz verborgen. Aus dem Tale unten sieht es, mit seinen Treppengiebeln und Türmchen über stillen Waldrücken hervorschauend, ganz wie das ländliche Schloß einer Eichendorffnovelle aus.

Manches hat sich auch hier während der zwölf Jahre geändert, nicht bloß in meinem Leben, sondern auch im Hause und Garten. Der herrliche alte Judasbaum unten im Garten, der größte, den ich jemals gesehen, der Jahr um Jahr vom Anfang Mai bis weit in den Juni hinein so üppig geblüht und im Herbst und Winter mit seinen rotvioletten Schoten so fremdartig ausgesehen hatte, fiel in einer Herbstnacht dem Sturm zum Opfer. Die große Sommermagnolie Klingsors, dicht vor meinem Balkönchen, deren geisterhafte weiße Riesenblüten mir beinahe ins Zimmer herein gewachsen waren, wurde einst während meiner Abwesenheit umgehauen. Einmal kam ich nach langer Abwesenheit im Frühling aus Zürich zurück, da war wahrhaftig meine brave alte Haustür verschwunden und die Stelle zugemauert, ich stand verzaubert und wie im Traume davor und fand keinen Eingang mehr: man hatte ein wenig umgebaut, ohne mir etwas davon zu sagen: Aber das Haus ist mir durch keine dieser Veränderungen entleidet worden, es war mehr das meinige als irgendeines der früheren, denn hier war ich nicht Ehemann und Familienvater, hier war nur ich allein zu Hause, hier hatte ich in bangen harten Jahren nach dem großen Schiffbruch mich durchgekämpft, auf einem Posten, der mir oft vollkommen verloren schien, hier hatte ich viele Jahre die tiefste Einsamkeit genossen, und auch an ihr gelitten, hatte viele Dichtungen und

Malereien gemacht, tröstende Seifenblasen, und war mit allem so verwachsen, wie ich es seit der Jugend mit keiner andern Umgebung gewesen war. Zum Dank habe ich dies Haus oft genug gemalt und besungen, habe ihm auf viele Arten zu erwidern gesucht, was es mir gab und war.

Wäre ich in meiner Einsamkeit geblieben, hätte ich nicht nochmals einen Lebenskameraden gefunden, so wäre es wohl nie dazu gekommen, daß ich das Camuzzihaus wieder verlassen hätte, obwohl es in vielen Beziehungen für einen alternden und nicht mehr gesunden Menschen unbequem war. Ich habe in diesem märchenhaften Haus auch bitter gefroren und allerlei andre Not gelitten. Darum war in den letzten Jahren je und je der Gedanke aufgetaucht, aber niemals recht ernst genommen worden: vielleicht doch noch einmal umzuziehen, ein Haus zu kaufen, zu mieten oder gar zu bauen, wo ich fürs Alter eine bequemere und gesundere Unterkunft hätte. Es waren Wünsche und Gedanken, nichts weiter.

Da ereignete sich das schöne Märchen: in der »Arch« in Zürich saßen wir an einem Frühlingsabend des Jahres 1930 und plauderten, und die Rede kam auch auf Häuser und Bauen, und auch meine gelegentlich auftauchenden Hauswünsche wurden erwähnt. Da lachte plötzlich Freund B. mich an und rief: »Das Haus sollen Sie haben!«

Auch dies war, so schien mir, ein Spaß, ein hübscher Spaß am Abend beim Wein. Aber der Spaß ist Ernst geworden, und das Haus, von dem wir damals spielerisch träumten, steht jetzt da, unheimlich groß und schön und soll mir für Lebenszeit zur Verfügung stehen. Wieder einmal unternehme ich es, mich neu einzurichten, und wieder geschieht es fürs »ganze Leben«, und diesmal wird das vermutlich stimmen.

Seine Geschichte zu schreiben wird später Zeit sein, sie hat ja kaum begonnen. Heute ist andres an der Reihe. Wir wollen mit den Gläsern anstoßen und den guten hilfreichen Freunden ins Auge blicken und ihnen danken. Auf sie und auf das neue Haus wollen wir die Gläser leeren.

Spätsommer

Noch schenkt der späte Sommer Tag um Tag
Voll süßer Wärme. Über Blumendolden
Schwebt da und dort mit müdem Flügelschlag
Ein Schmetterling und funkelt sammetgolden.

Die Abende und Morgen atmen feucht
Von dünnen Nebeln, deren Naß noch lau.
Vom Maulbeerbaum mit plötzlichem Geleucht
Weht gelb und groß ein Blatt ins sanfte Blau.

Eidechse rastet auf besonntem Stein,
Im Blätterschatten Trauben sich verstecken.
Bezaubert scheint die Welt, gebannt zu sein
In Schlaf, in Traum, und warnt dich sie zu wecken.

So wiegt sich manchmal viele Takte lang
Musik, zu goldener Ewigkeit erstarrt,
Bis sie erwachend sich dem Bann entrang
Zurück zu Werdemut und Gegenwart.

Wir Alten stehen erntend am Spalier
Und wärmen uns die sommerbraunen Hände.
Noch lacht der Tag, noch ist er nicht zu Ende,
Noch hält und schmeichelt uns das Heut und Hier.

Alles Wissen und alle Vermehrung unsres Wissens endet nicht mit einem Schlußpunkt, sondern mit Fragezeichen. Ein Plus an Wissen bedeutet ein Plus an Fragestellungen, und jede von ihnen wird immer wieder von neuen Fragestellungen abgelöst.

Die Jugend ist entflohn,
man ist nicht mehr gesund.
Es drängt die Reflexion
sich in den Vordergrund.

Wir haben Leid und Krankheit erlebt, wir haben Freunde durch den Tod verloren, und der Tod hat uns nicht nur von außen ans Fenster geklopft, er hat auch in uns innen Arbeit getan und Fortschritte gemacht. Das Leben, das einst so selbstverständlich war, ist zu einem kostbaren, immer bedrohten Gut geworden, der selbstverständliche Besitz hat sich in eine Leihgabe von ungewisser Beständigkeit verwandelt.

Aber die Leihgabe mit unbestimmter Kündigungsfrist hat ihren Wert keineswegs verloren, die Gefährdung hat ihn eher noch erhöht. Wir lieben das

Leben nach wie vor und wollen ihm treu bleiben, unter andrem um der Liebe und Freundschaft willen, die wie ein Wein von guter Herkunft mit den Jahren an Gehalt und Wert nicht abnimmt, sondern wächst.

Wissen wir nicht, daß unser Schicksal uns eingeboren und unentrinnbar ist, und hängen wir nicht dennoch alle innig und glühend an der Illusion der Wahl, der Willensfreiheit? Könnte nicht jeder von uns, wenn er den Arzt für seine Krankheit, wenn er Beruf und Wohnort, wenn er eine Geliebte und Braut wählt, dies alles ebensogut und vielleicht mit besserm Erfolge dem reinen Zufall überlassen – und wählt er nicht dennoch, wendet er nicht dennoch eine Menge von Leidenschaft, von Mühe, von Sorge an all diese Dinge? Vielleicht tut er es naiv, in kindlicher Leidenschaftlichkeit, an seine Macht glaubend, von der Beeinflußbarkeit des Schicksals überzeugt; vielleicht auch tut er es skeptisch, tief überzeugt von der Wertlosigkeit seiner Bemühungen, aber ebensosehr davon überzeugt, daß Tun und Streben, Wählen und Sichquälen schöner, lebendiger, bekömmlicher oder mindestens amüsanter sei als Erstarren in resignierter Passivität.

Lasse nie die Hände müßig sinken,
bleibe nie auf halbem Wege stehn.
Willst du deinen Wein zu Mittag trinken,
mußt du zeitig in den Keller gehn.

Weihnacht mit zwei Kindergeschichten

Ehe ich zu Bett ging, die Lampe brannte wieder, warf ich noch einen Blick auf meinen Gabentisch, und wie Kinder am Christabend ein paar von ihren Geschenken mit ins Schlafzimmer und womöglich mit ins Bett nehmen, nahm ich mir auch etwas mit, um es vor dem Schlafen noch ein wenig bei mir zu haben und zu betrachten. Es waren die Gaben meiner Enkelkinder: von Sibylle, der Jüngsten, ein Staublappen, von Simeli eine kleine Zeichnung, ein Bauernhaus mit einem Sternhimmel darüber, von Christine zwei farbige Illustrationen zu meiner Erzählung vom Wolf, ein kraftvoll hingehauenes Gemälde von Eva und von ihrem zehnjährigen Bruder Silver ein mit seines Vaters Maschine geschriebener Brief. Ich nahm die Sachen mit ins Atelier hinüber, wo ich Silvers Brief noch einmal las, dann ließ ich sie liegen und stieg, mit schwerer Müdigkeit kämpfend, die Treppe zu meinem Schlafzimmer hinauf. Doch konnte ich noch lange Zeit nicht einschlafen, die Erlebnisse und Bilder des Abends hielten mich wach, und die nicht abzuwehrenden Reihen von Vorstellungen endeten jedesmal mit dem Brief meines Enkels, der so lautete:

Lieber Nonno! Ich will Dir jetzt eine kleine Geschichte schreiben. Sie heißt: Für den lieben Gott.

Paul war ein frommer Knabe. Er hatte in der Schule schon so viel vom lieben Gott gehört. Er wollte ihm jetzt auch einmal etwas schenken. Paul schaute alle seine Spielsachen an, aber alles gefiel ihm nicht. Da kam Pauls Geburtstag. Er bekam viele Spielsachen, darunter sah er einen Taler. Da rief er: Den schenke ich dem lieben Gott. Paul sagte: Ich gehe hinaus auf das Feld, dort habe ich einen schönen Platz, da wird ihn der liebe Gott sehen und ihn holen. Paul ging auf das Feld. Als Paul im Feld war, sah er ein altes Mütterlein, das mußte sich stützen. Er wurde traurig, und gab ihr den Taler. Paul sagte: Eigentlich war er für den lieben Gott. Viele Grüße von Silver Hesse.

An jenem Abend gelang es mir nicht mehr, die Erinnerung heraufzubeschwören, an die meines Enkels Erzählung mich mahnte. Erst andern Tages fand sie sich von selber ein. Ich erinnerte mich: in meiner Knabenzeit, im selben Alter, in dem jetzt mein Enkel stand, zehnjährig also, hatte ich auch einmal eine Geschichte geschrieben, um sie meiner jüngeren Schwester zum Geburtstag zu schenken, es war außer einigen Knabenversen die einzige Dichtung, vielmehr der einzige dichterische Versuch aus meiner Kindheit, der erhalten geblieben ist. Ich selbst hatte viele Jahrzehnte nichts mehr von ihm gewußt, vor einigen Jahren aber war, ich weiß nicht mehr bei welchem Anlaß, dieser kindliche Versuch wieder zu mir zurückgekehrt, durch die Hand einer meiner Schwestern vermutlich. Und obwohl ich mich seiner nur noch undeutlich erinnern konnte, schien mir doch, er habe irgendeine Ähnlichkeit oder Verwandtschaft mit der Geschichte, die mein Enkel mehr als sechzig Jahre später für mich verfaßt hatte. Aber wenn ich auch bestimmt wußte, daß meine Kindergeschichte in meinem Besitz sei, wie sollte ich sie finden? Überall vollgestopfte Schubladen, gebündelte Mappen und Briefhaufen mit Aufschriften, die nicht mehr stimmten oder nicht mehr leserlich waren, überall beschriebenes und bedrucktes Papier aus Jahren und Jahrzehnten her, aufbewahrt, weil man sich zum Wegwerfen nicht hatte entschließen können, aufbewahrt aus Pietät, aus Gewissenhaftigkeit, aus Mangel an Schneid und Entschlußkraft, aus Überschätzung des Geschriebenen, das einmal »wertvolles Material« für irgendwelche neue Arbeiten abgeben könnte, aufbewahrt und eingesargt, wie einsame alte Damen Kasten und Dachböden voll Schachteln und Schächtelchen mit Briefen, gepreßten Blumen, abgeschnittenen Kinderlöckchen aufbewahren. Unendlich vieles sammelt sich, auch wenn man das Jahr hindurch Zentner von Papier verbrennt, um einen Literaten an, der nur selten den Wohnort gewechselt hat und in die Jahre gekommen ist.

Aber ich hatte mich nun in den Wunsch festgebissen, jene Erzählung wiederzusehen, sei es auch nur, um sie mit der meines gleichaltrigen Kollegen Silver zu vergleichen oder sie vielleicht abzuschreiben und ihm als Gegengabe zu schicken. Ich plagte mich und plagte meine Frau damit einen ganzen Tag, und wirklich fand ich das Ding schließlich am unwahrscheinlichsten Platz. Die Geschichte ist im Jahr 1887 in Calw geschrieben und heißt:

DIE BEIDEN BRÜDER

(für Marulla)

Es war einmal ein Vater, der hatte zwei Söhne. Der eine war schön und stark, der andere klein und verkrüppelt, darum verachtete der Große den Kleinen. Das gefiel dem Jüngeren nun gar nicht, und er beschloß, in die weite, weite Welt zu wandern. Als er eine Strecke weit gegangen war, begegnete ihm ein Fuhrmann, und als er den fragte, wohin er fahre, sagte der Fuhrmann, er müsse den Zwergen ihre Schätze in einen Glasberg führen. Der Kleine fragte ihn, was der Lohn sei. Er bekam die Antwort, er bekomme als Lohn einige Diamanten. Da wollte der

Kleine auch gern zu den Zwergen gehen. Darum fragte er den Fuhrmann, ob er glaube, daß die Zwerge ihn aufnehmen wollten. Der Fuhrmann sagte, das wisse er nicht, aber er nahm den Kleinen mit sich. Endlich kamen sie an den Glasberg, und der Aufseher der Zwerge belohnte den Fuhrmann reichlich für seine Mühe und entließ ihn. Da bemerkte er den Kleinen und fragte ihn, was er wolle. Der Kleine sagte ihm alles. Der Zwerg sagte, er solle ihm nur nachgehen. Die Zwerge nahmen ihn gern auf, und er führte ein herrliches Leben.

Nun wollen wir auch nach dem anderen Bruder sehen. Diesem ging es lang daheim sehr gut. Aber als er älter wurde, kam er zum Militär und mußte in den Krieg. Er wurde am rechten Arm verwundet und mußte betteln. So kam der Arme auch einmal an den Glasberg und sah einen Krüppel dastehen, ahnte aber nicht, daß es sein Bruder sei. Der aber erkannte ihn gleich und fragte ihn, was er wolle. »O mein Herr, ich bin an jeder Brotrinde froh, so hungrig bin ich.« »Komm mit mir«, sagte der Kleine, und ging in eine Höhle, deren Wände von lauter Diamanten glitzerten. »Du kannst dir davon eine Handvoll nehmen, wenn du die Steine ohne Hilfe herunterbringst«, sagte der Krüppel. Der Bettler versuchte nun mit seiner einen gesunden Hand etwas von den

Diamantenfelsen loszumachen, aber es ging natürlich nicht. Da sagte der Kleine: »Du hast vielleicht einen Bruder, ich erlaube dir, daß er dir hilft.« Da fing der Bettler an zu weinen und sagte: »Wohl hatte ich einst einen Bruder, klein und verwachsen, wie Sie, aber so gutmütig und freundlich, er hätte mir gewiß geholfen, aber ich habe ihn lieblos von mir gestoßen, und ich weiß schon lang nichts mehr von ihm.« Da sagte der Kleine: »Ich bin ja dein Kleiner, du sollst keine Not leiden, bleib bei mir.«

Daß zwischen meiner Märchenerzählung und der meines Enkels und Kollegen eine Ähnlichkeit oder Verwandtschaft bestehe, ist wohl kein Irrtum des Großvaters. Ein Durchschnitts-Psychologe würde die beiden kindlichen Versuche etwa dahin deuten: jeder der beiden Erzähler sei natürlich mit dem Helden seiner Geschichte zu identifizieren, und es erdichte sich sowohl der fromme Knabe Paul wie der kleine Krüppel eine doppelte Wunscherfüllung, nämlich zunächst ein massives Beschenktwerden, sei es mit Spielzeug und Taler oder mit einem ganzen Berg voll Edelsteinen und einem geborgenen Leben bei Zwergen, bei seinesgleichen also, fern von den Großen, Erwachsenen, Normalen. Darüber hinaus aber erdichtet jeder der Märchenerzähler sich auch noch einen moralischen Ruhm, eine Tugendkrone, denn mitleidig gibt er seinen Schatz dem Armen hin (was in Wirklichkeit weder der zehnjährige Alte noch der zehnjährige Junge getan hätte). Das mag wohl stimmen, ich habe nichts dagegen. Aber es scheint mir auch, daß die Wunscherfüllung sich im Bereich des Imaginären und Spielerischen vollziehe, wenigstens kann ich von mir sagen, daß ich im Alter von zehn Jahren weder Kapitalist noch Juwelenhändler war und bestimmt noch niemals mit Wissen einen Diamanten gesehen hatte. Dagegen waren manche Grimmsche Märchen und war vielleicht auch Aladin mit der Wunderlampe mir schon bekannt, und der Edelsteinberg war für das Kind weniger eine Vorstellung von Reichtum als ein Traum von unerhörter Schönheit und Zaubermacht. Und eigentümlich kam mir auch dies vor, daß in meinem Märchen kein lieber Gott vorkommt, obwohl er für mich vermutlich selbstverständlicher und realer war als für den Enkel, der erst »in der Schule« auf ihn neugierig geworden war.

Schade, daß das Leben so kurz und so sehr mit aktuellen, scheinbar wichtigen und unumgänglichen Pflichten und Aufgaben überstopft ist; manchmal wagt man des Morgens ja kaum das Bett zu verlassen, weil man weiß, daß der große Schreibtisch noch übervoll von Unerledigtem liegt und tagsüber die Post den Haufen noch zweimal erhöhen wird. Sonst wäre mit den beiden Kindermanuskripten noch manches amüsante und nachdenkliche Spiel zu treiben. Mir schiene zum Beispiel nichts spannender als eine vergleichende Untersuchung von Stil und Syntax in den beiden Versuchen. Aber für so hübsche Spiele ist nun einmal unser Leben nicht lang genug. Auch wäre es am Ende nicht angezeigt, den um dreiundsechzig Jahre jüngeren von den beiden Autoren durch Analyse und Kritik, durch Anerkennung oder Tadel vielleicht in seiner Entwicklung zu beeinflussen. Denn aus ihm kann unter Umständen ja noch etwas werden, nicht aber aus dem Alten.

Welkes Blatt

Jede Blüte will zur Frucht,
Jeder Morgen Abend werden,
Ewiges ist nicht auf Erden
Als der Wandel, als die Flucht.

Auch der schönste Sommer will
Einmal Herbst und Welke spüren.
Halte, Blatt, geduldig still,
Wenn der Wind dich will entführen.

Spiel dein Spiel und wehr dich nicht,
Laß es still geschehen.
Laß vom Winde, der dich bricht,
Dich nach Hause wehen.

Über das Alter

Das Greisenalter ist eine Stufe unseres Lebens und hat wie alle andern Lebensstufen ein eigenes Gesicht, eine eigene Atmosphäre und Temperatur, eigene Freuden und Nöte. Wir Alten mit den weißen Haaren haben gleich allen unsern jüngern Menschenbrüdern unsre Aufgabe, die unsrem Dasein den Sinn gibt, und auch ein Todkranker und Sterbender, den in seinem Bett kaum noch ein Anruf aus der diesseitigen Welt zu erreichen vermag, hat seine Aufgabe, hat Wichtiges und Notwendiges zu erfüllen. Altsein ist eine ebenso schöne und heilige Aufgabe wie Jungsein, Sterbenlernen und Sterben ist eine ebenso wertvolle Funktion wie jede andre – vorausgesetzt, daß sie mit Ehrfurcht vor dem Sinn und der Heiligkeit alles Lebens vollzogen wird. Ein Alter, der das Altsein, die weißen Haare und die Todesnähe nur haßt und fürchtet, ist kein würdiger Vertreter seiner Lebensstufe, so wenig wie ein junger und kräftiger Mensch, der seinen Beruf und seine tägliche Arbeit haßt und sich ihnen zu entziehen sucht.

Kurz gesagt: um als Alter seinen Sinn zu erfüllen und seiner Aufgabe gerecht zu werden, muß man mit dem Alter und allem, was es mit sich bringt, einverstanden sein, man muß Ja dazu sagen. Ohne dieses Ja, ohne die Hingabe an das, was die Natur von uns fordert, geht uns der Wert und Sinn unsrer Tage – wir mögen alt oder jung sein – verloren, und wir betrügen das Leben.

Jeder weiß, daß das Greisenalter Beschwerden bringt und daß an seinem Ende der Tod steht. Man muß Jahr um Jahr Opfer bringen und Verzichte leisten. Man muß seinen Sinnen und Kräften mißtrauen lernen. Der Weg, der vor kurzem noch ein kleines Spaziergängchen war, wird lang und mühsam, und eines Tages können wir ihn nicht mehr gehen. Auf die Speise, die wir zeitlebens so gern gegessen haben, müssen wir verzichten. Die körperlichen Freuden und Genüsse werden seltener und müssen immer teurer bezahlt werden. Und dann alle die Gebrechen und Krankheiten, das Schwachwerden der Sinne, das Erlahmen der Organe, die vielen Schmerzen, zumal in den oft so langen und bangen Nächten – all das ist nicht wegzuleugnen, es ist bittere Wirklichkeit. Aber ärmlich und traurig wäre es, sich einzig diesem Prozeß des Verfalls hinzugeben und nicht zu sehen, daß auch das Greisenalter sein Gutes, seine Vorzüge, seine Trostquellen und Freuden hat. Wenn zwei alte Leute einander treffen, sollten sie nicht bloß von der verfluchten Gicht, von den steifen Gliedern und der Atemnot beim Treppensteigen sprechen, sie sollten nicht bloß ihre Leiden und Ärgernisse austauschen, sondern auch ihre heiteren und tröstlichen Erlebnisse und Erfahrungen. Und deren gibt es viele.

Wenn ich an diese positive und schöne Seite im Leben der Alten erinnere und daran, daß wir Weißhaarigen auch Quellen der Kraft, der Geduld, der Freude kennen, die im Leben der Jungen keine Rolle spielen, dann steht es mir nicht zu, von den Tröstungen der Religion und Kirche zu sprechen. Dies ist Sache des Priesters. Wohl aber kann ich einige von den Gaben, die das Alter uns schenkt, dankbar mit Namen nennen. Die mir teuerste dieser Gaben ist der Schatz an Bildern, die man nach einem langen Leben im Gedächtnis trägt und denen man sich mit dem Schwinden der Aktivität mit ganz anderer Teilnahme zuwendet als jemals zuvor. Menschengestalten und Menschengesichter, die seit sechzig und siebzig Jahren nicht mehr auf der Erde sind, leben in uns weiter, gehören uns, leisten uns Gesellschaft, blicken uns aus lebenden Augen an. Häuser, Gärten, Städte, die inzwischen verschwunden oder völlig verändert sind, sehen wir unversehrt wie einst, und ferne Gebirge und Meeresküsten, die wir vor Jahrzehnten auf Reisen gesehen, finden wir frisch und farbig in unsrem Bilderbuche wieder. Das Schauen, das Betrachten, die Kontemplation wird immer mehr zu einer Gewohnheit und Übung, und unmerklich durchdringt die Stimmung und Haltung des Betrachtenden unser ganzes Verhalten. Von Wünschen, Träumen, Begierden, Leidenschaften gejagt sind wir, wie die Mehrzahl der Menschen, durch die Jahre und Jahrzehnte unsres Lebens gestürmt, ungeduldig, gespannt, erwartungsvoll, von Erfüllungen oder Enttäuschungen heftig erregt – und heute, im großen Bilderbuch unsres eigenen Lebens behutsam blätternd, wundern wir uns darüber, wie schön und gut es sein kann, jener Jagd und Hetze entronnen und in die vita contemplativa gelangt zu sein.

Hier, in diesem Garten der Greise, blühen manche Blumen, an deren Pflege wir früher kaum gedacht haben. Da blüht die Blume der Geduld, ein edles Kraut, wir werden gelassener, nachsichtiger, und je geringer unser Verlangen nach Eingriff und Tat wird, desto größer wird unsre Fähigkeit, dem Leben der Natur und dem Leben der Mitmenschen zuzuschauen und zuzuhören, es ohne Kritik und mit immer neuem Erstaunen über seine Mannigfaltigkeit an uns vorüberziehen zu lassen, manchmal mit Teilnahme und stillem Bedauern, manchmal mit Lachen, mit heller Freude, mit Humor.

Neulich stand ich in meinem Garten, hatte ein

Feuer brennen und speiste es mit Laub und dürren Zweigen. Da kam eine alte Frau, wohl gegen achtzig Jahre alt, an der Weißdornhecke vorbei, blieb stehen und sah mir zu. Ich grüßte, da lachte sie und sagte: »Sie haben ganz recht mit Ihrem Feuerchen. Man muß sich in unsrem Alter so allmählich mit der Hölle anfreunden.« Damit war die Tonart eines Gesprächs angeschlagen, in dem wir einander allerlei Leiden und Entbehrungen klagten, aber immer im Ton des Spaßes. Und am Ende unsrer Unterhaltung gestanden wir uns ein, daß wir trotz alledem ja eigentlich noch gar nicht so furchtbar alt seien und kaum als richtige Greise gelten könnten, solang in unsrem Dorf noch unsre Älteste, die Hundertjährige, lebe.

Wenn die ganz jungen Leute mit der Überlegenheit ihrer Kraft und ihrer Ahnungslosigkeit hinter uns her lachen und unsern beschwerlichen Gang, unsre paar weißen Haare und unsre sehnigen Hälse komisch finden, dann erinnern wir uns daran, wie wir einst, im Besitz der gleichen Kraft und Ahnungslosigkeit, ebenfalls gelächelt haben, und kommen uns nicht unterlegen und besiegt vor, sondern freuen uns darüber, daß wir dieser Lebensstufe entwachsen und ein klein wenig klüger und duldsamer geworden sind.

Ende August

Noch einmal hat, auf den wir schon verzichtet,
Der Sommer seine Kraft zurückgewonnen;
Er strahlt, zu kürzern Tagen wie verdichtet,
Er prahlt mit glühend wolkenlosen Sonnen.

So mag ein Mensch am Ende seines Strebens,
Da er enttäuscht sich schon zurückgezogen,
Noch einmal plötzlich sich vertraun den Wogen,
Wagend im Sprung die Reste seines Lebens.

Ob er an eine Liebe sich verschwende,
Ob er zu einem späten Werk sich rüste,
In seine Taten klingt, in seine Lüste
Herbstklar und tief sein Wissen um das Ende.

Das Alter hat viele Beschwerden; aber es hat auch seine Gnadengaben, und eine von ihnen ist diese Schutzschicht von Vergessen, von Müdigkeit, von Ergebenheit, die es zwischen uns und unseren Problemen und Leiden wachsen läßt. Es kann Trägheit, Verkalkung, häßliche Gleichgültigkeit sein, aber es kann, ein klein wenig anders vom Moment beleuchtet, auch Gelassenheit, Geduld, Humor, hohe Weisheit und Tao sein.

Das Alter hilft einem über manches hinweg, und wenn ein alter Mann den Kopf schüttelt oder ein paar Worte murmelt, dann sehen die einen darin abgeklärte Weisheit, die andern einfach Verkalkung; und ob sein Verhalten zur Welt nun im Grunde ein Ergebnis von Erfahrung und Weisheit oder nur die Folge von Kreislaufstörungen sei, das bleibt ununtersucht, auch vom Alten selbst.

Daß die jungen Leute sich gern ein wenig zeigen, und daß sie dabei einiges wagen dürfen, was die Alten nimmer mitmachen können, das ist am Ende nicht unerträglich. Schlimm aber wird die ganze Sache erst in dem unseligen Augenblick, wo der Alte, der Schwache, der Konservative, der Kahlkopf, der Anhänger der alten Mode dies auf sich persönlich bezieht und sich sagt: Sicher tun sie das nur, um mich zu ärgern! Von diesem Augenblick an wird die Sache unerträglich, und der so Denkende ist verloren.

Ich bin ein alter Mann und habe die Jugend gern, aber ich müßte lügen, wenn ich sagen wollte, daß sie mich stark interessiert. Für alte Leute, zumal in Zeiten so schwerer Prüfung wie jetzt, gibt es nur *eine* interessante Frage: die Frage nach dem Geist, dem Glauben, der Art von Sinn und Frömmigkeit, die sich bewährt, die den Leiden und dem Tod gewachsen ist. Den Leiden und dem Tod gewachsen sein ist die Aufgabe des Alters. Begeistertsein, Mitschwingen, Angeregtsein ist die Stimmung der Jugend. Die können miteinander befreundet sein, aber sie sprechen zweierlei Sprachen.

Die Weltgeschichte wird im wesentlichen von den Primitiven und Jungen gemacht, die besorgen das Vorwärtstreiben und Beschleunigen, im Sinn von

Nietzsches etwas theatralischem Wort »Was fallen will, soll man auch noch stoßen«. (Er, der Hochsensible, hätte nie einem alten oder kranken Menschen oder Tier diesen Stoß versetzen können.) Es bedarf aber, damit die Geschichte auch Friedensinseln behalte und erträglich bleibe, immer auch des Retardierens und Konservierens als Gegenmacht, diese Aufgabe fällt den Kultivierten und Alten zu. Mag nun der Mensch, den wir uns denken und wünschen, andre Wege gehen als die unsern und zur Bestie oder Ameise sich entwickeln, so bleibt es eben unsre Aufgabe, diesen Vorgang möglichst zu verlangsamen zu helfen. Unbewußt lassen sogar die militanten Mächte in der Welt diese Gegentendenz gelten, indem sie – wenn auch täppisch genug – neben den Rüstungen und Propaganda-Lautsprechern ihre Kulturbetriebe pflegen.

Pathos ist eine schöne Sache, und jungen Menschen steht es oft wundervoll. Für ältere Leute eignet sich besser der Humor, das Lächeln, das Nichternstnehmen, das Verwandeln der Welt in ein Bild, das Betrachten der Dinge, als seien sie flüchtige Abendwolkenspiele.

Im Altwerden

Jung sein und Gutes tun ist leicht,
Und von allem Gemeinen entfernt sein;
Aber lächeln, wenn schon der Herzschlag
schleicht,
Das will gelernt sein.

Und wem's gelingt, der ist nicht alt,
Der steht noch hell in Flammen
Und biegt mit seiner Faust Gewalt
Die Pole der Welt zusammen.

Weil wir den Tod dort warten sehn,
Laß uns nicht stehen bleiben.
Wir wollen ihm entgegengehn,
Wir wollen ihn vertreiben.

Der Tod ist weder dort noch hier,
Er steht auf allen Pfaden.
Er ist in dir und ist in mir,
Sobald wir das Leben verraten.

Einklang von Bewegung und Ruhe

Der Frühling ist für die meisten alten Leute keine gute Zeit; er setzte auch mir gewaltig zu. Die Pülverchen und ärztlichen Spritzen halfen wenig; die Schmerzen wuchsen üppig wie die Blumen im Gras, und die Nächte waren schwer zu bestehen. Dennoch brachte beinahe jeder Tag in den kurzen Stunden, die ich draußen sein konnte, Pausen des Vergessens und der Hingabe an die Wunder des Frühlings, und zuweilen Augenblicke des Entzückens und der Offenbarung, deren jede des Festhaltens wert wäre, wenn es nur eben ein Festhalten gäbe, wenn diese Wunder und Offenbarungen sich beschreiben und weitergeben ließen. Sie kommen überraschend, dauern Sekunden oder Minuten, diese Erlebnisse, in denen ein Vorgang im Leben der Natur uns anspricht und sich uns enthüllt, und wenn man alt genug ist, kommt es einem dann so vor, als sei das ganze Leben mit Freuden und Schmerzen, mit Lieben und Erkennen, mit Freundschaften, Liebschaften, mit Büchern, Musik, Reisen und Arbeiten nichts gewesen als ein langer Umweg zur Reife dieser Augenblicke, in welchen im Bilde einer Landschaft, eines Baumes, eines Menschengesichtes, einer Blume sich Gott uns zeigt, sich der Sinn und Wert alles Seins und Geschehens darbietet. Und in der Tat: Haben wir auch vermutlich in jungen Jahren den Anblick eines blühenden Baumes, einer Wolkenformation, eines Gewitters heftiger und glühender erlebt, so bedarf es für das Erlebnis, das ich meine, doch eben des hohen Alters, es bedarf einer unendlichen Summe von Gesehenem, Erfahrenem, Gedachtem, Empfundenem, Erlittenem, es bedarf einer gewissen Verdünnung der Lebenstriebe, einer gewissen Hinfälligkeit und Todesnähe, um in einer kleinen Offenbarung der Natur den Gott, den Geist, das Geheimnis wahrzunehmen, den Zusammenfall der Gegensätze, das große Eine. Auch Junge können das erleben, gewiß, aber seltener, und ohne diese Einheit von Empfindung und Gedanke, von sinnlichem und geistigem Erlebnis, von Reiz und Bewußtsein.

Noch während unseres trockenen Frühlings, ehe die Regenfälle und die Reihe von Gewittertagen kamen, hielt ich mich öfters an einer Stelle meines Weinbergs auf, wo ich um diese Zeit auf einem Stück noch nicht umgegrabenen Gartenbodens meine Feuerstelle habe. Dort ist in der Weißdornhecke, die den Garten abschließt, seit Jahren eine Buche gewachsen, ein Sträuchlein anfangs aus verflogenem Samen vom Walde her, mehrere Jahre hatte ich es nur vorläufig und etwas widerwillig stehen lassen, es tat mir um den Weißdorn leid, aber dann gedieh die kleine zähe Winterbuche so hübsch, daß ich sie endgültig annahm, und jetzt ist sie schon ein dickes Bäumchen und ist mir heute doppelt lieb, denn die alte mächtige Buche, mein Lieblingsbaum im ganzen benachbarten Wald, ist kürzlich geschlagen worden, schwer und gewaltig liegen drüben noch wie Säulentrommeln die Teile ihres zersägten Stammes. Ein Kind jener Buche ist wahrscheinlich mein Bäumchen.

Stets hat es mich gefreut und mir imponiert, mit welcher Zähigkeit meine kleine Buche ihre Blätter festhält. Wenn alles längst kahl ist, steht sie noch im Kleide ihrer welken Blätter, den Dezember, den Januar, den Februar hindurch, Sturm zerrt an ihr, Schnee fällt auf sie und tropft wieder von ihr ab, die dürren Blätter, anfangs dunkelbraun, werden immer heller, dünner, seidiger, aber der Baum entläßt sie nicht, sie müssen die jungen Knospen schützen. Irgend einmal dann in jedem Frühling, jedesmal später, als man es erwartete, war eines Tages der Baum verändert, hatte das alte Laub verloren und statt seiner die feucht beflognen, zarten neuen Knospen aufgesetzt. Diesmal nun war ich Zeuge dieser Verwandlung. Es war bald, nachdem der Regen die Landschaft grün und frisch gemacht hatte, eine Stunde am Nachmittag, um die Mitte des April, noch hatte ich in diesem Jahr keinen Kuckuck gehört und keine Narzisse in der Wiese entdeckt. Vor wenigen Tagen noch war ich bei kräftigem Nordwind hier gestanden, fröstelnd und den Kragen hochgeschlagen, und hatte mit Bewunderung zugesehen, wie die Buche gleichmütig im zerrenden Winde stand und kaum ein Blättchen hingab; zäh und tapfer, hart und trotzig hielt sie ihr gebleichtes altes Laub zusammen.

Und jetzt, heute, während ich bei sanfter windstiller Wärme bei meinem Feuer stand und Holz brach, sah ich es geschehen: es erhob sich ein leiser sanfter Windhauch, ein Atemzug nur, und zu Hunderten und Tausenden wehten die so lang gesparten Blätter dahin, lautlos, leicht, willig, müde ihrer Ausdauer, müde ihres Trotzes und ihrer Tapferkeit. Was fünf, sechs Monate festgehalten und Widerstand geleistet hatte, erlag in wenigen Minuten einem Nichts, einem Hauch, weil die Zeit gekommen, weil die bittere Ausdauer nicht mehr nötig war. Hinweg stob und flatterte es, lächelnd, reif, ohne Kampf. Das Windchen war viel zu schwach, um die so leicht und dünn gewordenen kleinen Blätter weit weg zu treiben, wie ein leiser Regen rieselten sie nieder und deckten Weg und Gras zu Füßen des Bäumchens, von dessen Knospen ein paar wenige schon aufgebrochen und grün geworden waren. Was hatte sich mir nun in diesem überraschenden und rührenden Schauspiel offenbart? War es der Tod, der leicht und willig vollzogene Tod des Winterlaubes? War es das Leben, die drängende und jubelnde Jugend der Knospen, die sich mit plötzlich erwachtem Willen Raum geschaffen hatte? War es traurig, war es erheiternd? War es eine Mahnung an mich, den Alten, mich auch flattern und fallen zu lassen, eine Mahnung daran, daß ich vielleicht Jungen und Stärkeren den Raum wegnahm? Oder war es eine Aufforderung, es zu halten wie das Buchenlaub, mich so lang und zäh auf den Beinen zu halten wie nur möglich, mich zu stemmen und zu wehren, weil dann, im rechten Augenblick, der Abschied leicht und heiter sein werde? Nein, es war, wie jede Schauung, ein Sichtbarwerden des Großen und Ewigen, des Zusammenfalls der Gegensätze, ihres Zusammenschmelzens im Feuer der Wirklichkeit, es bedeutete nichts, mahnte zu nichts, vielmehr es bedeutete alles, es bedeutete das Geheimnis des Seins, und es war schön, war Glück, war Sinn, war Geschenk und Fund für den Schauenden, wie es ein Ohr voll Bach, ein Auge voll Cézanne ist. Diese Namen und Deutungen waren nicht das Erlebnis, sie kamen erst nachher, das Erlebnis selbst war nur Erscheinung,

Wunder, Geheimnis, so schön wie ernst, so hold wie unerbittlich. –

Am selben Ort, bei der Weißdornhecke und nahe der Buche, nachdem inzwischen die Welt saftig grün geworden und am Ostersonntag der erste Kukkucksruf in unserem Walde erklungen war, an einem der lau-feuchten, wechselvollen, windbewegten Gewittertage, die schon den Sprung vom Frühling in den Sommer vorbereiten, sprach in einem nicht minder gleichnishaften Augenerlebnis das große Geheimnis mich an. Am schwer bewölkten Himmel, der dennoch immer wieder grelle Sonnenblicke in das keimende Grün des Tales warf, fand großes Wolkentheater statt, der Wind schien von allen Seiten zugleich zu wehen, doch wog die Südnordrichtung vor. Unruhe und Leidenschaft erfüllten die Atmosphäre mit starken Spannungen. Und mitten im Schauspiel stand, meinem Blick sich plötzlich aufdrängend, wiederum ein Baum, ein junger schöner Baum, eine frisch belaubte Pappel im Nachbargarten. Wie eine Rakete schoß sie empor, wehend, elastisch, mit spitzem Wipfel, in den kurzen Windpausen straff geschlossen wie eine Zypresse, bei wachsendem Winde mit hundert dünnen, leicht auseinandergekämmten Zweigen gestikulierend. Hin und her wiegte und bäumte sich mit zart blitzendem

Flüsterlaub der Wipfel des herrlichen Baumes, seiner Kraft und grünen Jugend froh, mit leisem, sprechendem Schwanken wie das Zünglein einer Waage, jetzt wie im Neckspiel nachgebend, jetzt eigenwillig zurückschnellend (viel später erst fiel mir ein, daß ich schon einmal, vor Jahrzehnten, dies Spiel mit offenen Sinnen an einem Pfirsichzweig beobachtet und in dem Gedicht »Der Blütenzweig« nachgezeichnet hatte).

Mit Freude und furchtlos, ja mutwillig, überließ die Pappel Zweige und Laubgewand dem stark anschwellenden feuchten Winde, und was sie in den Gewittertag hineinsang und was sie mit spitzem Wipfel in den Himmel schrieb, war schön, war vollkommen, war so heiter wie ernst, so Tun wie Erleiden, so Spiel wie Schicksal, es enthielt wiederum alle Gegensätze und Gegensinne. Nicht der Wind war Sieger und stark, weil er den Baum so zu schütteln und zu biegen vermochte, nicht der Baum war Sieger und stark, weil er aus jeder Beugung elastisch und triumphierend zurückzuschnellen vermochte, es war das Spiel von beidem, der Einklang von Bewegung und Ruhe, von himmlischen und irdischen Mächten: der unendlich gebärdenreiche Wipfeltanz im Sturme war nur noch Bild, nur noch Offenbarung des Weltgeheimnisses, jenseits von Stark und Schwach, von

Gut und Böse, von Tun und Leiden. Ich las, eine kleine Weile lang, eine kleine Ewigkeit lang, in ihm das sonst Verhüllte und Geheime rein und vollkommen dargestellt, reiner und vollkommener, als läse ich den Anaxagoras oder den Lao Tse. Und auch hier wieder schien es mir, als habe es, um dieses Bild zu schauen und diese Schrift zu lesen, nicht nur des Geschenkes einer Frühlingsstunde bedurft, sondern auch der Gänge und Irrgänge, Torheiten und Erfahrungen, Lüste und Leiden sehr vieler Jahre und Jahrzehnte, und ich empfand den lieben Pappelbaum, der mich mit dieser Schau beschenkte, durchaus als Knaben, als Unerfahrenen und Ahnungslosen. Ihn mußten noch viele Fröste und Schneefälle zermürben, noch manche Stürme rütteln, noch manche Blitze streifen und verletzen, bis vielleicht auch er des Schauens und des Horchens fähig und auf das große Geheimnis begierig sein würde. –

Verfrühter Herbst

Schon riecht es scharf nach angewelkten Blättern,
Kornfelder stehen leer und ohne Blick;
Wir wissen: eines von den nächsten Wettern
Bricht unserm müden Sommer das Genick.

Die Ginsterschoten knistern. Plötzlich wird
Uns all das fern und sagenhaft erscheinen,
Was heut wir in der Hand zu halten meinen,
Und jede Blume wunderbar verirrt.

Bang wächst ein Wunsch in der erschreckten Seele:
Daß sie nicht allzu sehr am Dasein klebe,
Daß sie das Welken wie ein Baum erlebe,
Daß Fest und Farbe ihrem Herbst nicht fehle.

Auf eine menschenwürdige Art alt zu werden und jeweils die unserem Alter zukommende Haltung oder Weisheit zu haben, ist eine schwere Kunst; meistens sind wir mit der Seele dem Körper gegenüber entweder voraus oder zurück, und zu den Korrekturen dieser Differenzen gehören jene Erschütterungen des inneren Lebensgefühles, jenes Zittern und Bangen an den Wurzeln, die uns je und je bei Lebenseinschnitten und Krankheiten befallen. Mir scheint, man darf ihnen gegenüber wohl klein sein und sich klein fühlen, wie Kinder durch Weinen und Schwäche hindurch am besten das Gleichgewicht nach einer Störung des Lebens wiederfinden.

Die Wahrheit ist ein typisch *jugendliches* Ideal, die Liebe dagegen eins des reifen Menschen und dessen, der wieder zum Abbau und Sterben bereit zu sein sich bemüht. Bei den Denk-Menschen hört das Schwärmen für die Wahrheit erst dann auf, wenn sie gemerkt haben, daß der Mensch für das Erkennen objektiver Wahrheit außerordentlich schlecht begabt ist, so daß also Wahrheitsuchen nicht die eigentlich humane, menschliche Tätigkeit sein kann. Aber auch die, die gar nie zu solchen Einsichten kommen, ma-

Zum Eintritt in den neuen Lebensraum, den Vorhof des Alters, wünscht ein Alter Ihnen die Gaben, die uns das Leben auf dieser Stufe zu geben hat: Vermehrte Unabhängigkeit vom Urteil anderer, vermehrte Unberührbarkeit durch die Leidenschaften, ungestörtere Andacht vor dem Ewigen.

Hermann Hesse

chen im Lauf der unbewußten Erfahrung die gleiche Wendung durch. Wahrheit haben, Recht haben, Wissen, Gut und Böse genau unterscheiden können, infolgedessen richten, strafen, verurteilen, Krieg führen können und dürfen – das ist jugendlich, und es steht der Jugend auch gut an. Wird man älter und bleibt bei diesen Idealen stehen, so verwelken die ohnehin nicht heftigen Fähigkeiten zum »Erwachen«, zum Ahnen der übermenschlichen Wahrheit, die wir Menschen haben.

Mein Leben, so etwa nahm ich mir vor, sollte ein Transzendieren sein, ein Fortschreiten von Stufe zu Stufe, es sollte ein Raum um den andern durchschritten und zurückgelassen werden, so wie eine Musik Thema um Thema, Tempo um Tempo erledigt, abspielt, vollendet und hinter sich läßt, nie müde, nie schlafend, stets wach, stets vollkommen gegenwärtig. Im Zusammenhang mit den Erlebnissen des Erwachens hatte ich gemerkt, daß es solche Stufen und Räume gibt und daß jeweils die letzte Zeit eines Lebensabschnittes eine Tönung von Welke und Sterbenwollen in sich trägt, welche dann zum Hinüberwechseln in einen neuen Raum, zum Erwachen, zu neuem Anfang führt.

Stufen

Wie jede Blüte welkt und jede Jugend
Dem Alter weicht, blüht jede Lebensstufe,
Blüht jede Weisheit auch und jede Tugend
Zu ihrer Zeit und darf nicht ewig dauern.
Es muß das Herz bei jedem Lebensrufe
Bereit zum Abschied sein und Neubeginne,
Um sich in Tapferkeit und ohne Trauern
In andre, neue Bindungen zu geben.
Und jedem Anfang wohnt ein Zauber inne,
Der uns beschützt und der uns hilft zu leben.

Wir sollen heiter Raum um Raum durchschreiten,
An keinem wie an einer Heimat hängen,
Der Weltgeist will nicht fesseln uns und engen,
Er will uns Stuf' um Stufe heben, weiten.

Kaum sind wir heimisch einem Lebenskreise
Und traulich eingewohnt, so droht Erschlaffen,
Nur wer bereit zu Aufbruch ist und Reise,
Mag lähmender Gewöhnung sich entraffen.
Es wird vielleicht auch noch die Todesstunde
Uns neuen Räumen jung entgegensenden,
Des Lebens Ruf an uns wird niemals enden . . .
Wohlan denn, Herz, nimm Abschied und gesunde!

Chinesische Parabel

Ein alter Mann mit Namen Chunglang, das heißt »Meister Felsen«, besaß ein kleines Gut in den Bergen. Eines Tages begab es sich, daß er eins von seinen Pferden verlor. Da kamen die Nachbarn, um ihm zu diesem Unglück ihr Beileid zu bezeigen.

Der Alte aber fragte: »Woher wollt ihr wissen, daß das ein Unglück ist?« Und siehe da: einige Tage darauf kam das Pferd wieder und brachte ein ganzes Rudel Wildpferde mit. Wiederum erschienen die Nachbarn und wollten ihm zu diesem Glücksfall ihre Glückwünsche bringen.

Der Alte vom Berge aber versetzte: »Woher wollt ihr wissen, daß es ein Glücksfall ist?«

Seit nun so viele Pferde zur Verfügung standen, begann der Sohn des Alten eine Neigung zum Reiten zu fassen, und eines Tages brach er das Bein. Da kamen sie wieder, die Nachbarn, um ihr Beileid zum Ausdruck zu bringen. Und abermals sprach der Alte zu ihnen: »Woher wollt ihr wissen, daß dies ein Unglücksfall ist?«

Im Jahr darauf erschien die Kommission der »Langen Latten« in den Bergen, um kräftige Männer für den Stiefeldienst des Kaisers und als Sänftenträger zu holen. Den Sohn des Alten, der noch immer seinen Beinschaden hatte, nahmen sie nicht.

Chunglang mußte lächeln.

Der alte Mann und seine Hände

Mühsam schleppt er sich die Strecke
Seiner langen Nacht,
Wartet, lauscht und wacht.
Vor ihm liegen auf der Decke
Seine Hände, Linke, Rechte,
Steif und hölzern, müde Knechte,
Und er lacht
Leise, daß er sie nicht wecke.

Unverdrossener als die meisten
Haben sie geschafft,
Da sie noch im Saft.
Vieles wäre noch zu leisten,
Doch die folgsamen Gefährten
Wollen ruhn und Erde werden.
Knecht zu sein
Sind sie müd und dorren ein.

Leise, daß er sie nicht wecke,
Lacht der Herr sie an,
Langen Lebens Bahn
Scheint nun kurz, doch lang die Strecke
Einer Nacht ... Und Kinderhände,
Jünglingshände, Manneshände

Sehn am Abend, sehn am Ende
So sich an.

Für die Jungen, hat ihr eigenes Sein, ihr Suchen und Leiden, diese große Wichtigkeit mit Recht. Für den, der alt geworden ist, war das Suchen ein Irrweg und das Leben verfehlt, wenn er nichts Objektives, nichts über ihm und seinen Sorgen Stehendes, nichts Unbedingtes oder Göttliches zu verehren gefunden hat, in dessen Dienst er sich stellt und dessen Dienst allein es ist, der seinem Leben Sinn gibt ...

Das Bedürfnis der Jugend ist: sich selbst ernst nehmen zu können. Das Bedürfnis des Alters ist: sich selber opfern können, weil über ihm etwas steht, was es ernst nimmt. Ich formuliere nicht gern Glaubenssätze, aber ich glaube wirklich: ein geistiges Leben muß zwischen diesen beiden Polen ablaufen und spielen. Denn Aufgabe, Sehnsucht und Pflicht der Jugend ist das Werden, Aufgabe des reifen Menschen ist das Sichweggeben oder, wie die deutschen Mystiker es einst nannten, das »Entwerden«. Man muß erst ein voller Mensch, eine wirkliche Persönlichkeit geworden sein und die Leiden dieser Individuation erlitten haben, ehe man das Opfer dieser Persönlichkeit bringen kann.

Der Gedanke an den Tod hat sein Tröstliches. Ich glaube, je kleiner unsere Vitalität wird, desto kleiner wird im Grunde auch die Bangigkeit vor dem Leben. Je näher und gewisser man den Tod weiß, desto weniger braucht man ihn selber zu rufen. Er wartet ja auf uns, samt denen, die uns vorausgegangen sind.

Gegen den Tod brauche ich keine Waffe, weil es keinen Tod gibt. Es gibt aber eines: Angst vor dem Tode. Die kann man heilen, gegen die gibt es eine Waffe.

Bruder Tod

Auch zu mir kommst du einmal,
Du vergißt mich nicht,
Und zu Ende ist die Qual,
Und die Kette bricht.

Noch erscheinst du fremd und fern,
Lieber Bruder Tod,
Stehest als ein kühler Stern
Über meiner Not.

Aber einmal wirst du nah
Und voll Flammen sein –
Komm, Geliebter, ich bin da,
Nimm mich, ich bin dein.

Quellennachweis

9 Zitat aus H. Hesse, »Demian« (1920) WA* 5, S. 7 f.

10 Zitat aus H. Hesse, »Hermann Lauscher« (1901) WA 1, S. 227 f.

11 *Kleiner Knabe:* Geschrieben 1960. Aus H. Hesse, »Die Gedichte«, Frankfurt am Main 1977.

12 Zitate aus H. Hesse, »Roßhalde« (1914) WA 4, S. 13, und aus »Hermann Lauscher« WA 1, S. 224 und S. 228.

13 *Aus Kinderzeiten:* Geschrieben 1904. Aus H. Hesse, »Gesammelte Erzählungen«, Frankfurt am Main 1977.

45 *Kind im Frühling:* Geschrieben 1907. Aus »Die Gedichte« a.a.O.

46 *Ein Augenblick des Erwachens:* Teildruck aus »Erinnerung an Hans«. Geschrieben 1936, WA 10, S. 199 ff.

57 Zitat aus »Demian«, WA 5, S. 49 f.

60 *Zwei Welten:* Aus »Demian«, WA 5, S. 9 ff.

90 Zitat aus »Hermann Lauscher«, WA 1, S. 231 f. und aus »Kurgast«, WA 7, S. 92.

91 Zitate aus »Gesammelte Briefe«, Bd. 2, S. 7, und »Demian«, WA 5, S. 37.

92 Zitat aus »Ausgewählte Briefe«, Frankfurt am Main 1974, S. 330.

93 *Aus meiner Schülerzeit:* Geschrieben 1926. Teildruck aus H. Hesse, »Gedenkblätter«, Frankfurt a. M. 1984, S. 48 ff.

105 Zitat aus »Eine Bibliothek der Weltliteratur«, WA 11, S. 335 ff.

107 Zitat aus »Expressionismus in der Dichtung«, WA 11, S. 206 u. 209.

* WA = H. Hesse-Werkausgabe, Frankfurt am Main 1970. Dahinter die jeweilige Bandnummer mit Seitenverweis.

108 Zitat aus »Ausgewählte Briefe«, a.a.O., S. 392.
109 *Das erste Abenteuer:* Geschrieben 1906. Aus »Gesammelte Erzählungen«, a.a.O., Teildruck.
117 *Wandlung:* Geschrieben 1912. Aus »Die Gedichte«, a.a.O.
120 Zitate aus »Ausgewählte Briefe«, a.a.O., S. 68, und »Demian«, WA 5, S. 140.
121 Zitat aus »Gesammelte Briefe« Bd. 1, S. 210 f.
122 Zitat aus »Gesammelte Briefe« Bd. 1, S. 211.
123 Zitat aus »Gesammelte Briefe« Bd. 3, S. 116 f.
124 *Was du im Leben leistest:* Zitat aus »Ausgewählte Briefe«, a.a.O., S. 259 f.
129 Zitat aus »Gesammelte Briefe« Bd. 1, S. 179.
130 *Eine Sonate:* Geschrieben 1906. Aus »Gesammelte Erzählungen«, a.a.O.
140 *Valse brillante:* Aus »Die Gedichte«, a.a.O.
141 Zitat aus H. Hesse, »Gertrud« (1910) WA 3, S. 109 f.
142 Zitat aus »Gesammelte Briefe« Bd. 4, S. 92.
144 *Von der Seele:* Geschrieben 1918. Aus »Betrachtungen« WA 10, S. 33 ff.
155 *Bhagavad Gita:* Geschrieben 1914. Aus »Die Gedichte«, a.a.O.
157 Zitate aus »Ausgewählte Briefe«, a.a.O., S. 411; aus einer Rezension in WA 12, S. 497 f., und »Ausgewählte Briefe«, a.a.O., S. 150.
158 *Ich weiß von solchen:* Geschrieben 1928. Aus »Die Gedichte«, a.a.O.
159 *Zum Gedächtnis:* Geschrieben 1916. Aus »Gedenkblätter«, WA 10, S. 121 ff.
178 *Kleine Rast:* Geschrieben 1913. Aus »Die Gedichte«, a.a.O.
179 *Vergänglichkeit:* Teildruck aus H. Hesse, »Klingsors letz-

ter Sommer« (1920) WA 5, S. 296, 299, 337 ff. Faksimile der Handschrift des Gedichts »Vergänglichkeit« aus H. Hesse, »Die Gedichte«, a. a. O.

189 *Voll Blüten:* Geschrieben 1918. Aus »Die Gedichte«, a.a.O.

190 Zitate aus H. Hesse, »Wanderung« (1920) WA 6, S. 137, und aus H. Hesse, »Kurgast« (1925) WA 7, S. 7 f.

192 *Sommers Ende:* Geschrieben 1926. Aus H. Hesse, »Kleine Freuden«, Frankfurt am Main 1977, S. 177 ff.

200 Zitate aus »Gesammelte Briefe« Bd. 2, S. 7 und aus »Lektüre für Minuten«, Frankfurt am Main 1977, S. 271 und 268.

201 Zitat aus einem unveröffentlichten Brief.

202 *Der Mann von fünfzig Jahren:* Geschrieben 1927. Aus »Die Gedichte«, a.a.O.

203 *Beim Einzug in ein neues Haus:* Geschrieben 1931. Leicht gekürzt. Aus »Gedenkblätter«, WA 10, S. 134 ff.

234 *Spätsommer:* Geschrieben 1940. Aus »Die Gedichte«, a.a.O.

235 Zitat aus »Gesammelte Briefe« Bd. 3, S. 51; unveröffentlichtes Scherzgedicht; Zitat aus »Ausgewählte Briefe«, a.a.O., S. 478.

236 Zitat aus »Kurgast« WA 7, S. 17 f.

237 Unveröffentlichtes Scherzgedicht.

238 *Weihnacht mit zwei Kindergeschichten:* Geschrieben 1950. Teildruck. Aus »Briefe an Freunde«, Frankfurt am Main 1977.

246 *Welkes Blatt:* Geschrieben 1933. Aus »Die Gedichte«, a.a.O.

247 *Über das Alter:* Geschrieben 1952. Aus WA 10, S. 354.

252 *Ende August:* Geschrieben 1929. Aus »Die Gedichte«, a.a.O.

253 Zitate aus »Rigi-Tagebuch«, WA 8, S. 411; »Ausgewählte Briefe«, a.a.O., S. 245, und aus »Gespräch über die Neutöner«, WA 11, S. 227.

254 Zitate aus »Ausgewählte Briefe«, a.a.O., S. 143 und 510.

255 Zitat aus »Abendwolken« in »Die Kunst des Müßiggangs«, Frankfurt am Main 1973, S. 228.

256 *Im Altwerden:* Geschrieben 1915. Aus »Die Gedichte«, a.a.O.

257 *Einklang von Bewegung und Ruhe:* Geschrieben 1952. Teildruck aus »Aprilbrief«, WA 10, S. 294.

265 *Verfrühter Herbst:* Geschrieben 1929. Aus »Gedichte«, a.a.O.

266 Zitat aus »Ausgewählte Briefe«, a.a.O., S. 146, und aus »Gesammelte Briefe« Bd. 2, S. 285.

267 Faksimile eines handschriftlichen Glückwunsches (unveröffentlicht).

268 Zitat aus H. Hesse »Das Glasperlenspiel« (1943) WA 9, S. 439.

269 *Stufen:* Geschrieben 1941. Aus »Die Gedichte«, a.a.O.

270 *Chinesische Parabel:* Aus H. Hesse, »Die Legenden«, Frankfurt am Main 1975.

272 *Der alte Mann und seine Hände:* Geschrieben 1957. Aus »Die Gedichte«, a.a.O.

274 Zitat aus »Ausgewählte Briefe«, a.a.O., S. 92 f.

275 Zitate aus »Ausgewählte Briefe«, a.a.O., S. 147, und aus »Klingsors letzter Sommer« WA 5, S. 334.

276 *Bruder Tod:* Geschrieben 1918. Aus »Die Gedichte«, a.a.O.

Zu dieser Ausgabe

insel taschenbuch 2357: Hermann Hesse, Jedem Anfang wohnt ein Zauber inne. Der Text folgt der Ausgabe: Hermann Hesse, Jedem Anfang wohnt ein Zauber inne. Lebensstufen. Ein Hermann Hesse-Lesebuch im Suhrkamp Verlag Frankfurt am Main 1986. Umschlagabbildung: Orangefarbene Orchideen. Hokusai. Musée National des Arts Asiatique – Guimet, Paris.

Das schöne insel taschenbuch in großer Schrift

it 2323

Isabel Allende
Das Geisterhaus
it 2341

Elizabeth von Arnim
Elizabeth und ihr Garten
it 2338

Elizabeth von Arnim
Verzauberter April
it 2346

Emily Brontë
Die Sturmhöhe
it 2348

Hans Carossa
Eine Kindheit
it 2345

it 2332

Das schöne insel taschenbuch in großer Schrift

Hermann Hesse
Lebenszeiten
it 2343

Hermann Hesse
Die Märchen
it 2349

Hermann Hesse
Mit der Reife wird man immer jünger
it 2311

it 2354

it 2315

André Kaminski
Nächstes Jahr
in Jerusalem
it 2334

Marie Luise Kaschnitz
Elf Liebesgeschichten
it 2306